肉食屋敷

小林泰三

角川ホラー文庫
23959

目次

肉食屋敷

わたしがのんびりとした田舎の公務員を仕事に選んだのは、どうやら自分は都会の殺伐とした競争に向いていないらしいことに気がついたからだった。

思惑通り、村役場の環境課という部署には普段はこれといった仕事はなかった。時たま、不法投棄されたごみを処理したり、悪臭や騒音をなんとかして欲しいという苦情に対応したりというだけの日々が続いていた。

だから、山の上に——実際には山とは名ばかりで、高さは数十メートルの丘に過ぎなかったが——放置されているトラックをなんとかしてくれという村民からの相談が来た時も、さほど深刻には考えていなかった。

聞くと、村外れの禿山《はげやま》の頂上付近に、ドラム缶を積んだトラックが二台、置きっ放しになっているのをたまたま通りかかった村民が発見したらしい。現時点では悪臭などはないらしいが、なにしろ雨ざらしになっているので、ドラム缶が腐食して中身の薬品が流れ出さないとも限らない。もし有害なものだったら、被害が出るかもしれないので、早急に対処して欲しいということだった。

調べてみると、山の持ち主は小戸《おど》という資産家だった。元々はこの辺りの大地主の家柄だったが、先代が山の大部分を売り払って、都会で製薬事業を始めたそうだ。事業はそこそこ成功して村の英雄扱いだったが、なぜかその息子である現在の当主は会社の経営を他人に任せて、自分はこの村に戻り、小さな研究所を作って、そこにずっと籠《こも》っているとのことだった。

小戸生命科学研究所というのがその名前だ。もちろん製薬会社にもそれなりの研究所はあったのだが、本人は直接利益に結びつかないような基礎的な研究をやりたいという希望があったらしく、新たに独立した研究所を設立したそうだ。早い話が金持ちの道楽だ。研究員も最初は十数人ほどいたのが、所長である小戸の性格に難があるらしく、一人減り、二人減りして今では彼だけが残っていた。

研究所とはいっても、実際は小戸の住居も兼ねている。場所はトラックが放置されている禿山から見下ろす形になっている窪地《くぼち》のほぼ中央だった。湿気が多く、住むには適した場所ではなかったが、この村に残っている小戸家の土地は禿山と窪地しかなく、選択の余地はなかったのだろう。もっとも、現代の住宅は環境設備が充実しているので、少々水捌《みずは》けが悪い程度のことはほとんど問題にならないのかもしれない。

とにかく、わたしは研究所に電話をして、ドラム缶の中身は何なのか、いつまでこのままの状態にしておくつもりなのか、聞き出そうとしたが、なぜか電話は通じなかった。電話会社に問い合わせると、電話料金を滞納しているため、不通にしたという。

念のため、製薬会社の方にも問い合わせてみたが、ここ半年ほど小戸からはなんの連絡もないらしい。今では彼は会社の経営者ではなく、株主に過ぎないので、音信不通でもさほど関心は持たれないようだ。

わたしは最悪の事態を覚悟した。ひょっとすると、病気か、事故か、あるいは犯罪に巻き込まれて、小戸は研究所の中で死んでしまっているのかもしれない。事件に関わることはできれば避けたいので、最初から警察に調査を頼みたいところだが、村の駐在は電話が不通だという程度では億劫《おっくう》がって動いてはくれなかった。とにかく、わたしが行って、何か異常があったなら、通報してくれと突き放されてしまった。

わたしは仕方なく、研究所まで出向くことにした。

研究所の回りにはまともな道路もないので、徒歩でいかなくてはならなかった。朝早くから行けばよかったのだが、なんとなく先延ばしにしてしまい、午後遅くなってから出発したため、村外れに着く頃にはすっかり日が傾いてしまっていた。


研究所ということから、わたしは白く未来的な形をした建物を予想していたのだが、実際には、ごつごつとした暗い外壁を持ち、陰気な雰囲気を漂わせていた。夕日の下で見たためかもしれないが、それは何か不吉なものを思い出させるような気がした。

元々はいくつかの棟に分かれていたようだったが、無計画に増築を重ねた結果、いつの間にか一つの塊になってしまった——そんな感じがした。建物の部分部分はそれぞれ別々の設計仕様に基づいて建てられたらしく、階数も高さもばらばらだったし、外壁の向きもあちこちで異様な角度にねじ曲がっていた。さらにはところどころ壊れたまま、放置されたような部分もあった。

建物の周囲は半ば泥のようになった粘土質の土地になっており、片側はトラックのある禿山に繋《つな》がっており、それ以外は村で所有する、通る人はめったにいない鬱蒼《うっそう》とした森に囲まれている。申し訳程度の鉄柵《てっさく》が窪地全体を取り囲んではいるが、すでに赤錆《あかさび》でぼろぼろになっていて、半分以上が倒れていた。建物の敷地の中には家具や電化製品らしきものや、ボンベなどの実験器具らしいものが無造作に打ち捨てられていたが、そのほとんどは湿気のために使い物にならないように見えた。

森の中の獣道を進みながら研究所に近づくにつれ、建物が何に似ているのかがわかった。建物の外壁と屋根はでたらめな増改築のためか、異常な湿度のためか、いたる所で波打っていた。そのため、沈みゆく夕日の光による影がその表面に不気味な模様を形作っていたのだ。建物の形自体が蹲《うずくま》った人間の歪《ゆが》んだ姿に似ているうえ、その模様が骨格のように見えたため、江戸時代に描かれた巨大な骸骨《がいこつ》の化け物の絵を思い出したのだ。

粘りつく土の上では一歩あるくたびに足がにえこみ、視点の高さが微妙に変わるため、建物が蠢《うごめ》いているような錯覚を感じ、また日が傾くにつれ髑髏《どくろ》の姿がより物凄《ものすご》く浮き上がってきたため、わたしの気持ちはすっかり重苦しくなってしまった。

敷地内に入ると、土の湿気はさらに増し、まるで浅い沼地を歩いているような状態になってきた。じっとしていると、そのまま沈み込んでしまうような感覚に襲われ、自然と足は速くなった。

廃棄物を何度も跨《また》ぎ、やっとドアの前に辿《たど》り着く。ドアも周囲の壁も、弱い日の光の中でタールのような色合いと光沢を見せていた。また、応力を受けているためか、微妙に波打っており、はたしてこのドアを開けることはできるのかと、少し不安になった。

呼び鈴のボタンを探そうとドアの横を見た時、異様な形のものが目に飛び込んできた。

壁の一部が盛り上がって、人間の耳朶《みみたぶ》の形になっていた。色は壁の他の部分と同じく、気の滅入《めい》るようなタールの色だ。その下には半開きになった唇がある。隙間からは真っ黒な歯と舌が覗《のぞ》いている。歯並びは悪く二重になっていたり、斜めに生えていたりしている。唇には無数にひび割れがある。さらにその下にある数ミリメートルのぽっちが呼び鈴のボタンらしかったが、周囲が少し盛り上がっており、そこに細かな疣状突起《いぼじょう》が無数にあるところからすると、どうやら乳首を象《かたど》ったものだと思われた。

しかも、男性のものだ。

このような装飾の一組を見るだけで、この建物の持ち主の趣味の劣悪さをひしひしと感じ取ることができ、わたしの心は奈落《ならく》の底に沈んでいくかのようだった。

とにかく、わたしは意を決して乳首を押してみた。少し、へこむような手応《てごた》えはあったが、音はしなかった。

壊れているのだろうか？　それとも、電気もとめられてしまっているのだろうか？　こんなことなら、電話だけでなく、電気やガスや水道の料金の支払い状況も調べておくんだった。

それでも、ひょっとすると外に響いてこないだけで、建物の中では聞こえているのではないかという一縷《いちる》の希望を抱いて、もう一度強く乳首を押してみる。

やはり、何の反応もない。

はて、どうしたものか、いったん引き返そうか、しかしこんなところまで何度も足を運ぶのも億劫だ、と考えていると、微《かす》かに声のようなものが聞こえた。

わたしは壁の耳に口を近づけて――たぶん、耳がマイクで、唇がスピーカーだと推測したのだ――大声で言った。「もしもし、村役場から参りました。環境課のものです。山の上に放置されておられますトラックの件でお話ししたいのですが、今日は時間がおありでしょうか？」

かすれた声のようなものが唇から、流れてきた。何を言っているのかよくわからないが、不愉快な音質だった。ちょうど喉《のど》の奥に痰《たん》が絡んで呼吸困難になりながら、無理やり声を搾りだしているように聞こえる。

「すみません」わたしはもう一度大声で言った。「どうも、インタホンの調子が悪いようです。そちらのお声がよく聞こえません。できましたら、玄関まで出ていただきたいのですが、よろしいでしょうか？」

「……ので、どうぞ……ださい」乾いた声が漏れてくる。

「は？　なんでしょうか？」

「開いている……お入り……」

どうやら、勝手に入ってこいと言っているようだ。とにかく、住人はちゃんと生存していることはわかった。わたしはほっと息を吐きながらドアノブに手をかけた。

「ひっ」わたしは小さく悲鳴をあげてしまった。

ドアノブはなんと指を半開きにした手首の形をしていたのだ。インタホンに目を奪われて、気がつかなかったらしい。いったい何を考えてこんなものを作ったんだと、呆《あき》れ果ててしまったが、なんとか気を静め、わたしはドアを開いた。

家の中はまだ照明がついていなかったが、赤い夕日の光がドアの隙間から差し込み、なんとか中の様子が朧気《おぼろげ》にわかる。玄関からまっすぐ奥に向かって廊下が続いているらしい。廊下の途中にはいくつかドアがあるが、十メートルほど先で、折れ曲がっている。曲がり角にもドアがあり、玄関と対面している。

「おじゃまします!!」わたしは声を張り上げた。「あがらせていただきます!!」

わたしの声は反響した。妙なふうに歪んでいる。なんだか頭が重くなるようだ。わたしは意を決して、中に足を踏み入れた。

廊下も外壁と同じく、タールのような質感を持っていた。しかも、床と天井と壁の角度が直角から大きく外れていた。しかも、それぞれが波打っており、皺《しわ》がいっぱいできていた。

「どちらに、行けばいいんでしょうか!?」いい加減、声を張り上げるのにも疲れてきた。

「……のまま、正面の……で、お入り……」微かな声が廊下の向こう側から聞こえてくる。どうあっても、自分は動きたくないようだ。

わたしはため息をついて、左右の壁に照明のスイッチを探した。壁が凸凹しているせいもあって、なかなか見つからない。ひょっとすると、スイッチはもっと奥にあるのかもしれない。わたしは仕方なく、ドアを大きく開け放って、夕日の光を中に入れた。ちょうど玄関の向きが南西になっているため、光はまっすぐに廊下の奥まで照らし出した。ただ、天井にはうまく光が当たらず、また複雑に褶曲《しゅうきょく》しているため、照明がどのようになっているかは、はっきりしない。逆に床や壁には光が当たっているのだが、その角度が非常に浅いため、表面の凹凸が強調され、まるで洞窟《どうくつ》の中を覗き込んでいるかのようだ。

わたしは歪みに足をひっかけないよう注意しながら、ゆっくり奥へと進んだ。

二、三メートル進んだところで、壁に絵がかかっていることに気がついた。表面に盛り上がりがあるため、油絵だということはわかったが、まるで水墨画のようにモノトーンの濃淡だけで表現されている。現代美術の一種なのだろうか？　題材はおそらくムンクの「叫び」のパロディーだ。苦痛に苛《さいな》まれている男が描かれている。全体に流れるように歪んだ構図もムンクそのままだ。ただ、変形の度合いはムンクよりも激しい。右目の位置は額の真ん中近くなのに対し、左目は頬の辺りまで下がっている。左耳はなんとか判別がつくが、右目の下にあるのは鼻なのか右耳なのかもわからない。ほとんど縦になった唇から覗く歯は全部尖《とが》っており、明らかに本数が多すぎた。それどころか、顔のあちこちから、歯が無造作に生えている。指の数は右手に三本、左手に二本だが、それぞれ肘《ひじ》や二の腕にも何本か指がある。服は着ていない。背骨は筆記体のWのような形に折れ曲がっている。生殖器と脚の区別はうまくつかない。全身のあちらこちらに瘤《こぶ》があるが、顔のようにも見えるので、人面疽《じんめんそ》のつもりかもしれない。「叫び」の場合、人物の背景は橋のようなものと流れる空もしくは川だったが、この絵の背景は何が何だかよくわからない。顔を近づけ、じっと見て初めて、男の身体の各部分が何重にも重ね描きされ、流れるような効果を生み出していることがわかる。

いずれにしても、さわやかさとはまったく無縁の絵であることは間違いなかった。発想にオリジナリティーがなく、技術的にも稚拙だということがはっきりとわかる。おそらくたいした価値はないのではないかと思った。ただ、この建物に飾るには非常に相応《ふさわ》しく思われた。研究所全体の歪《ゆが》みと非常にうまく馴染《なじ》んでいる。

しばらく絵に見とれている間に、日はさらに傾き、間もなく山の端にかかりそうになってしまった。わたしは慌てて奥に進んだ。

廊下の突き当たりに着いた。廊下自体はさらに折れ曲がって続いているのだが、そちらの方には日が当たらないので、真っ暗だ。わたしは正面の部屋のドアに手をかけた。今度は手の形ではなく、小さな頭部になっている。わたしの親指の先がちょうど口の凹みに入り、嫌な感触が残った。

ドアは軋《きし》みながら、ゆっくりと開いた。赤い光が嘗《な》めるように部屋の中に広がっていった。

部屋には窓は一つもなかった。そして、床や壁は廊下と同じように褶曲している。部屋の奥には大きな机があり、その向こう側にこちらを向いて一人の男が腰掛けていた。だらりと首をうなだれているので、顔はよくわからない。どうやら、この人物がこの建物の持ち主の小戸らしい。

部屋の中には、机の他にはたいした家具はなかった。目立つものといえば、壁際に設置された水槽と、壁にかけられた彫像の上半身だけだ。水槽の中には何やら黒い影があったが、ガラスが汚れていて、中はよく見えなかった。彫像の方はまるで壁から生えているように設置してあった。野生動物頭部の剝製《はくせい》を壁から生えているように装飾することがあるが、それとほぼ同じ状態だ。

いつまでたっても、座っている人物は顔を上げようとしなかった。わたしはばつが悪かったので、彼の注意を引くためにわざとらしく、咳払《せきばら》いをした。

その人物はぴくりと反応した。まるで、今まで眠っていたかのようだった。顔をわたしに向けると、目をしょぼしょぼさせた。

「ああ」彼は呻《うめ》き声を出した。「あなたはどなたですか？　あいつのたちの悪い冗談なのですか？」

「あの、さっきも申しました通り」わたしは辛抱強く言った。「村役場の環境課のものです。山の上のトラックについてお話しに参りました。……あなたは小戸さんですね」

男はしばらく目を半開きにして、わたしを見つめた後、言った。「ということはつまりあなたはちゃんとした人間なのですね。ありがたい」

ありがたいだって？　いったいなんのことを言ってるんだ？

「すみません。こちらの言ってることは理解していただいてますか？　小戸さんでよろしいんですよね」

「ええ。はい。はい」男はやっと正気に戻ったらしい。「もちろんですよ。山の上のトラックのことでいらしたんですね。そうでした。もっとも、それは本質的なことではないのですが、ちゃんと理解しております。ええと、わたしは確かに小戸です」

やっと、話に入ることができる。夕日はほとんど血のような色になり、小戸の顔を照らしている。年の頃は四十前後だろうか？　すっとんきょうな目鼻立ちに苦悶《くもん》の表情が浮かんでいる。非常にアンバランスな印象を受けた。

「さっそく、本題に入らせていただきます。まず、トラックなんですが、積み荷はなんですか？」

「廃液です。ドラム缶に入っています」

「どんな種類の廃液かお伺いしてもよろしいでしょうか？」

「一台はアルカリ性廃液を積んでいます。もう一台は有機溶剤です」

「ええと、それぞれ毒性や可燃性はどうなっていますか？」

「アルカリ性廃液の方はかなり危険です。人間を漬ければ、綺麗《きれい》な骸骨《がいこつ》の標本になるかもしれませんよ。有機溶剤の方は、そうですね、発癌性はあるかもしれませんが、皮膚にかかったぐらいでは、すぐどうこうはならないでしょう。ただし、可燃性です。幸運なことに。……ところで、マッチか、ライターはお持ちですか?」小戸は歯を見せた。笑顔のつもりらしい。だが、目は凍りついている。

わたしはポケットの中を探った。「煙草はやらないんですが、たまたま街に出た時に入った喫茶店のマッチがあります」わたしは数本の紙マッチがついた折り畳んだ紙を取り出した。「こんなものしかありませんが」わたしは一本擦って火をつけて見せた。

小戸の目は見開かれた。「……やめてください。お願いですから、火種を浪費するのはやめてください」今が最後のチャンスなんです。いいですか。よく聞いてください。小戸は虚《うつ》ろな目のまま、一方的に話しだした。「まず、あの山に登ってください。山といってもあんな小山ですから、日が沈みきるまでにはなんとか頂上に着くはずです。どちらのトラックにもキーはついています。だから、バッテリーが上がっていなければ、そのまま動かすことができるはずです。青いトラックがアルカリ性廃液のトラックで、赤い方が有機溶剤のトラックです。間違わないように注意してください。最初に赤いトラックの運転席に火をつけて、この屋敷に向けて走らせてください。道は比較的滑らかなので、万が一エンジンがかからなくても、ギアをニュートラルにすればここまでは届くはずです。それから、火が燃え尽きるのを待って、青いトラックの方を同じように焼け跡に向けて走らせてください」

「ちょ、ちょっと待ってください」わたしは様子がおかしいことに気がついた。「何か勘違いをされてるんではないですか？　わたしにはあなたのおっしゃることが、この研究所を火事にして、劇薬を撒《ま》けといってるようにしか聞こえないのですが」

「必ず、先に火をかけてください。逆だと効果はないかもしれません。アルカリ性廃液がかかった後では火がつきにくいでしょうから。最初に熱で処理して、アルカリで駄目押しをするのです。幸いここは窪《くぼ》地でしかも土壌は粘土質です。うまくすれば、しばらくの間アルカリの水溜《みずた》まりができるでしょう」

「そんなことがやれるはずはないでしょう」わたしはそろそろ逃げ帰った方がいいのではないかと思い始めていた。「そんなことをわたしがしなければならない理由はなんなんですか？　だいたい、やりたければ自分でなさればいいでしょう。もっとも、たとえ自分の家でも放火は罪になりますが。とにかく、保険金詐欺の片棒を見ず知らずのものに担がせるというのはあまりにも常識はずれな考えですよ」

嗄《しゃが》れた不快な声で小戸が笑った。「保険金詐欺ですと？　どうやら、あなたは酷《ひど》い誤解をされているようだ。わたしが頼んでいるのはそんなことではないのです。わたしを信じてください。あなたはわたしが今言ったことを実行する必要があるのです。わたしが自分で手をくだすことはできません。急いでください。必ず、今日やらなくてはなりません。おそらくは、もうあまり時間がありません」

「そんなことをお聞きするわけにはまいりません」わたしは首を振った。「どうしてもとおっしゃるのなら、まず理由を言ってください。その後でゆっくり考えさせていただきますよ」

「もう一度、お願いします。危険はあなたにも迫っているのです」小戸の額からは汗が流れている。夕日の光を浴びて血のようにも見える。「何も言わずに、今わたしが言ったことを実行していただけませんか?」

「説明される気がないということでしたら、わたしは帰らせていただきます。トラックについては後日強制措置をとらせていただくことになるかもしれません」わたしは小戸に背を向けた。厄介なことに関わる気はさらさらなかった。

「わかりました。すべてをお話ししましょう。ただ、これが信じがたい話であることはわたしも承知しています。きっとばかばかしく思われるでしょうが、どうか最後まで聞いてください。その後でやはり実行できないと思われるようでしたら、諦《あきら》めることにしましょう。わたし自身にはもはや失うものはありません。むしろ、心配なのはあなたがたの方なのです」小戸はため息をつくと、つかえながら、おずおずと話しだした。

「すでにご承知かもしれませんが、この研究所はわたしの個人的な目的のために作ったものです。直接利益に結びつかない、本来ならば、大学でやるような研究を行うための施設なのです。

当初は、民間企業が基礎研究に力を入れるという話を聞いて、社の内外から、意欲のある研究者が何人も集まってきました。しかし、日が経つにつれ、彼らはわたしに反発するようになってきたのです。彼らにすれば、ここでの研究結果を学会発表するなり、論文に纏《まと》めるなりして名をあげるつもりだったのに、わたしがいっさいの対外発表を認めなかったことが原因だったのです。

わたしがこの研究所を作った目的はわたしの夢を叶《かな》えるためで、世間の評価などうでもよかったのです。研究者たちはあくまで、発表にこだわり、わたしがそれを拒絶する日々が続きました。結局、最初の一人が辞表を出すと、後は雪崩のように辞めていきました。まあ、今となってはさほど気にもなりませんが。

さて、わたし一人で継続しなければならなくなった研究テーマというのは簡単に言うと、古生物の復元なのです。といっても、化石を組み立てたり、それに肉付けをしたりということではありません。わたしはまさに絶滅した生物を生命として復活させることを目指していたのです。

ああ。あなたは今嘲《あざけ》りの表情をされましたね。おおかた、『ジュラシック・パーク』

に影響を受けて、妄想を膨らませたのだろうと考えておられますね。ある意味、それはあたっております。わたしがあの小説に刺激を受けたのは本当のことですから。しかし、古生物の復元ということ自体、クローンが日常茶飯事となった現在ではそれほど荒唐無稽《こうとうむけい》のことではなくなっているのです。

現に今も、日本の大学の中にはマンモスの復元を研究しているグループがあります。恐竜に比べてマンモスの復元には有利な点が多々あるのです。

まず、細胞の現物が残っているということがあげられます。マンモスはほんの一万年前——一説には数千年前——まで、生存していた生物で、シベリアの永久凍土で時折、氷漬けの状態で発見されています。

次にその近縁種が現存しているということがあげられます。現存する象はインド象とアフリカ象の二種ですが、両種ともマンモスとの雑種を作ることができる可能性が高いと考えられています。

実際の手順としては氷漬けのマンモスから、精子を取り出します。死んだ体細胞の核を使った高等生物のクローンはまだ成功していませんが、死んだ精子の核を生きた卵に受精させ、受精卵を作ることは比較的容易に行うことができます。この場合、卵は現存する象のものを使うわけです。この受精卵を象の子宮に着床させれば、マンモスの遺伝子を半分持った象が誕生します。このハーフから取り出した卵とマンモスの精子を受精させれば、今度はマンモスの遺伝子を四分の三持った象が誕生します。これを何度か繰り返せば、限りなくマンモスに近い象が誕生することは理解できるでしょう。

それに比べて、恐竜の復元は極めてやっかいです。

まず、細胞が残ってません。化石のことを恐竜の骨そのものだと思っている人が多いようですが、実際には骨の成分が鉱物と入れ替わることによって、骨の形だけが残ったものなのです。もちろん、元の恐竜を形作っていた物質も痕跡《こんせき》程度は残っていますが、それから恐竜のゲノムを復元することは不可能です。

また、恐竜の近縁種は現存していません。恐竜が絶滅してからすでに六千五百万年たっています。もし、その時なんらかの恐竜の近縁種が生き残ったとしても、現在まではすっかり別の生物に進化してしまっているでしょう。実際、鳥類は恐竜の一部が進化したものだとも言われていますが、たとえ鳥どうしでも、種が違えば交配は不可能なのですから、恐竜との雑種は絶望的です。

『ジュラシック・パーク』ではこれらの問題を解決するために、琥珀《こはく》の中に封じ込まれた昆虫を利用しています。恐竜の血を吸った蚊のような吸血昆虫が琥珀に閉じ込められていれば、恐竜のＤＮＡも保存されているはずだというわけです。物語の中で科学者たちは琥珀から恐竜のＤＮＡを抽出し、恐竜のゲノムを復元します。しかし、実際にはこの方法には非常な困難が伴います。琥珀に含まれるDNAはばらばらに壊れており、しかも一組のDNAが完全に残っている保証もないのです。スーパーコンピュータで欠損部分の推定を行い、最後まで残った欠落部分は蛙の遺伝子を利用するという設定になっていましたが、おそらくその方法を使っても恐竜の復元は無理でしょう。DNAの大部分が不明となるので、結局大部分の遺伝子は蛙のものを使うことになり、せいぜいが変わった特徴を持つ蛙が生まれるだけではないでしょうか。

わたしは問題を解決するまったく新しいDNAの源を考えついたのです。思うに、今までは形あるもの、つまり、化石骨や琥珀にこだわりすぎていたのです。死んだ恐竜は必ずしも化石になるわけではありません。化石になるのは特定の条件が整った時だけなのです。わたしは恐竜のDNAが残っているとすると、その可能性が最も高いのはどこかと考えました。

答えは簡単でした。六千五百万年前の地層です。それより古い地層からは恐竜の化石が見つかりますが、それより新しい地層からは恐竜の化石は見つかりません。六千五百万年前の時点で恐竜は滅亡したのです。つまり、地球の歴史上もっとも大量の恐竜の死体があった時期は六千五百万年前だということになります。その時、世界中の地面に恐竜が横たわっていたのです。そして、その大部分は化石にもならず、腐敗し、風化して地層を形成する堆積物《たいせきぶつ》となっていったはずです。

　また、その六千五百万年前の地層には大量のイリジウムが含まれていることはよく知られています。恐竜の絶滅と大量のイリジウム――この二つの事実から、こんなシナリオが考えられます。

　ある日、大量のイリジウムを含有する巨大な隕石《いんせき》が地球に衝突しました。落下の衝撃と熱でかなりの数の生物が死にましたが、恐竜絶滅の主な原因はその後に起こった地球の寒冷化でした。衝突によって、夥《おびただ》しい量の土砂や隕石の破片が巻き上げられ、全世界を覆ったため、太陽光が遮られてしまったのです。大型の動物ほど環境の激変に適応するのは難しく、恐竜たちは全滅してしまいました。彼らの死体に空しく、雪とイリジウムを含む塵《ちり》が降り注ぎました。

　わたしは世界中からイリジウムを含む地層の土壌サンプルを収集しました。もちろん、単位量当たりで考えると、琥珀や化石よりもDNAを発見できる可能性は少ないのですが、イリジウムを含む地層は世界のどこにでもあるのです。わたしには、忍耐さえあれば必ず発見できるはずだという信念がありました。

　世界中から送られてくるサンプルから有機物を抽出し、分析する。わたしは一人で黙々とこの地味な作業を続けました。そして、一年前、わたしはとあるサンプルから奇妙な有機物を抽出することに成功したのです。

　その物質はDNAに酷似していました。四種類のヌクレオチド様の物質による二重螺旋《らせん》構造を持っていたのです。ただ、組成中に大量のイリジウム原子が含まれていることだけが違っていました。

わたしはイリジウムの存在を無視することにしました。なにしろ、このDNAは六千五百万年もの間、イリジウムを含む土壌に埋まっていたのです。一部の原子が置換されていたとしても何の不思議もありません。わたしはそのサンプルから、さらに抽出を続け、得られたイリジウム置換DNAの複製を始めました。もちろん、複製したDNAにはイリジウムは含まれてはいません。イリジウムを含んだまま複製することは通常の方法ではできませんし、イリジウムを含まないのが本来の姿だと考えたからです。

こうして作ったDNAの複製を今度はスーパーコンピュータ制御の解析装置にかけて、DNAの七十パーセントまで復元することができました。この辺りのことは『ジュラシック・パーク』とほとんど変わりがありません。

さて、残り三十パーセントですが、これは現存する動物のものを使うしかありません。しかし、どの動物が最も恐竜に似た遺伝子配列を持っているかということは知りようもありません。逆に言えば、脊椎《せきつい》動物なら何を使っても大差ないということになります。ご存じでしょうか？　ヒトと猿の遺伝子は九十五パーセント、ヒトと魚でさえ、六十五パーセントも共通しているのです。ヒトと鳥で八十二パーセント、ヒトと魚でさえ、六十五パーセントの遺伝子が共通しています。これほど違う形態を持つ生物間で設計図の半分以上が共通だということは不思議ですが、紛れもない事実なのです。わたしはゲノムの穴埋め用のDNAについて悩むことはやめました。

次に、わたしは復元したゲノムを、核を抜いた鶏の卵に移植しました。恐竜の卵にしては小さ過ぎると思われるかもしれませんが、多くの恐竜はわれわれが思っているほど、大きくはなかったのです。発生が起きるまでは、どんな種類の恐竜なのかわからないのですから、サイズに拘《こだわ》っても意味がありません。最も手に入りやすい鶏卵を使うのが合理的だったのです。

当然ながら、卵の殻には穴を開けてありましたが、核を移植した後、透明なプラスチックで蓋《ふた》をしました。こうすることで、胚《はい》の発生の邪魔をせずに、観察をすることができます。使用した卵の数は二十個余りでした。保温温度をいくつにするかでは頭を痛めましたが、結局三十七度にしました。最近の研究で恐竜は温血動物であると考えられており、現存する温血動物の体温は三十五度から四十度付近に集中しているからです。

最初の一週間ほどの間はまったく変化が見られませんでした。失敗したのかと諦《あきら》めかけましたが、腐敗が始まらないことを理由にもう少しだけ、待ってみることにしたのです。すると、どうでしょう。十日目に胚の発生が確認できました。それは鶏の胚とは似ても似つかない姿をしていました。

すべての脊椎動物はその発生に際し、進化の道筋を辿《たど》ることが知られています。ヒトの場合、最初は魚類のようなえらを持った姿であり、それから両生類、爬虫類《はちゆうるい》の姿になった後、ようやく哺乳類《ほにゆうるい》の姿になります。恐竜の場合もほぼ同様な発生段階を辿ることが期待できました。

ところが、予想に反し、胚は見たこともない形態へと発達していきました。えらに相当するものは見つかりませんでしたが、赤黒い胚のいろいろな部分から、肢《あし》と思われるものの発生が見られました。全体の形はほぼ球形で、いろいろな大きさと形を持つ肢が一斉に伸びてきたのです。ある肢は人間の手のようであり、他の肢は鳥の翼のようであり、別の肢は飛魚の鰭《ひれ》のようでした。それらが、まったくばらばらに蠢《うごめ》いていたのです。

それは胸糞《むなくそ》悪くなるような光景でしたが、さらに異様なものが胚に見られました。目が発生していたのです。不思議なことに目の数は個体によって違いました。恐竜の目の数はおおかたの脊椎動物と同じく、二つのはずですから、これは随分奇妙なことでした。さらに気の滅入《めい》ることにそれらの目はすでに機能を始めているようでした。わたしが保温器を開けるたびにそれらの目はぎょろりとわたしの方に向けられます。そして、閉めるまでずっとわたしを凝視しています。試しに体を左右に振ってみますと、揺れに合わせて視線の位置が変わることも確認しました。目の数だけでなく、その形態にも個体ごとに大きな差異が見られました。あるものはむき出しの眼球のままでしたが、別のものはまるで人間のそれであるかのように瞼《まぶた》や睫《まつげ》まで揃っていました。卵の窓からわたしの顔を見つめながら瞬《まばた》きをする塊を想像できますでしょうか？　正直言って、わたしには気味悪く感じられました。

そのようにして、ひと月もたった頃、大きな異変が生じました。ある日、保温器を開けると、すでに一匹が孵化《ふか》し終わっていたのです。それは軟体動物のようにぐにゃぐにゃと動き、二つの眼を瞬きさせながら、わたしを見つめています。何本もある肢は互いに無関係に動いているかのように見えましたが、ちゃんと器用に移動していきます。

わたしは他にも孵化しそうな卵はないかとチェックしてみました。驚くべきことに、すべての卵の殻が割られていました。そして、中身は何もないか、あるいは干からびた胚があるだけでした。最初に孵化した個体が他の胚を共食いしたのは明らかでした。

もうその頃には、この生物が恐竜などではないことに気がついていましたが、では何かと訊《き》かれると皆目見当がつきませんでした。わたしは孵化した個体を少し大きめのケースに移し、鶏卵を餌として与えました。卵は栄養価が高く、また保温器の中の卵には卵黄も卵白も残っていなかったことから、卵は摂取できるはずだと考えたのです。

生物はみるみる大きくなり、一週間後には握り拳《こぶし》大になりました。口は目の位置とはまったく無関係に全身の数箇所に存在したのですが、その中には針のように鋭い歯がびっしりと生えていました。どうやら、肉食のようだと直感し、試しに二十日鼠をケースに入れてみると、目にも止まらない速度で一瞬のうちに頭を齧《かじ》りとってしまいました。

餌を摂取する時以外、生物は時折、ぐにゅぐにゅと体を動かすだけで、じっとしていました。ただ、人間そっくりの目だけが、きょろきょろと動いていました。特にわたしが近づくと、頭の先から爪先《つまさき》まで何度も嘗《な》めるように見つめるようになりました。わたしが細かい手作業をする時など、本当に食い入るように見つめていました。形態と動きから考えて外骨格も内骨格も持っていないことが推測できました。何本もある肢にも骨は入っていないようで常にぐにゃっとしていましたが、ケースの蓋をちょっとでも開けようとすると、すべての肢が鞭《むち》のようにしなり、脱出しようと飛び跳ねてきます。本当は手元でじっくり観察したかったのですが、逃げ出された時のことを考えると、とても実行できませんでした。実際、一日一度二十日鼠を与える時に逃げられずにいるのが精一杯だったのです。

わたしは生物の持つ環境への適応力について調べてみました。恐るべき結果でした。

その生物はマイナス四十度でも、百度でも活動に変化は見られません。また、雰囲気の成分や圧力に関してもまったく影響を受けなかったのです。実験用のチャンバーに入れ、減圧して、真空状態にしても、一時的に動かなくなるだけで、大気圧に戻せばすぐに蘇生《そせい》しました。ただ、生物の体は有機物からできていることには変わりはなく、組織の一部を数百度の高温や強い化学薬品に晒《さら》せば、細胞が破壊されることは確認できました。

あの日、わたしは少し疲れていました。二十日鼠をケースに放り込んだ後、一瞬蓋についている止め金をかけるのが遅れたのです。生物は二十日鼠を捕らえるのにかかりきりになるにちがいないと無意識のうちに思っていたのかもしれません。

生物は二十日鼠には目もくれませんでした。物凄《ものすご》い速度で蓋に体当たりし、弾《はじ》き飛ばしてしまったのです。わたしは慌てて、手で押さえようとしたのですが、手毬《てまり》ほどの大きさにまで成長していた生物が牙《きば》を剝《む》くとつい躊躇《ちゅうちょ》して手をひっこめてしまいました。生物は若い女性の悲鳴のような声で鳴いた後、風のように壁を伝って走り去ってしまいました。

その時から、生物との同居が始まったのです。肉食でもあり、まったくわたしに懐く様子も見せなかったところから、かなりの危険を覚悟しましたが、研究所から逃げ出したり、外部から応援を頼むことは考えもしませんでした。今後、イリジウム入りの地層の研究を続けたとしても、同じ幸運に行き当たるとは限りませんでしたし、外部に報告した途端、どこかの大学か国の研究機関に土壌サンプルともども取り上げられてしまうことはわかっていたからです。わたしはどうしても自分の手で生物の研究を続けたかったのです。

次の日、飼育していた百匹近い二十日鼠が一匹残らずいなくなっていることに気がつきました。ケースが食い破られていたのです。硬いプラスチック製だったので、それが小動物、しかも軟体動物の仕業とはとても思えませんでしたが、研究所のあちこちの隅に、食べ残しの鼠の体の一部が落ちていたことから、生物の仕業であることを確信しました。

次の日からは、もっと大型の実験動物である兎や猫や犬の姿が一匹、また一匹と消えていきます。わたしは生物の状態を確認するため、飼育室に張り込みました。二十時間以上も何ごともなかったので、ついうとうとした時です。目の前を高速で移動する赤黒い塊が目に入りました。

次の瞬間、それは犬の檻《おり》に覆い被《かぶ》さりました。物凄い音とともに檻は押しつぶされました。犬がきゃんきゃんと鳴きながら、這《は》い出し、走り去ろうとした時、それと擦れちがいました。犬の前足と胴体の一部がなくなっていました。犬は逃げることもできなかったのです。おそらく自分の身に何が起こったのかも把握していなかったのでしょう。そのまま、どうと倒れたまま、必死に走ろうともがいていました。不思議なことに血はほとんど出ていませんでした。わたしがあっけに取られていると、また生物は高速で引き返して、今度は後足と下半身を平らげました。そこには悲しそうな目をした犬の顔と胸だけが残っていました。あまりにも鮮やかにすばやく、切断されたため、出血やショックがほとんどなく、死にきれないようすでしたが、ようやく異変に気づいたのか、歯を剥いて威嚇の表情を取っていました。しかし、みたび生物が通り過ぎると、後にはただ、少量の毛と骨のかけらが残っているばかりでした。

生物は犬を平らげると、今度はじっとわたしを見つめました。無数の肢を震わせ、棘《とげ》のような牙が無数に生えた口からは、粘液を垂らし続けます。

わたしはすっかり観念しました。今、目の前で見たそれの食事風景から考えて、わたしにはチャンスはないだろうと思ったからです。ところが、生物はたっぷりと十分間ほど、わたしを観察した後、走り去ってしまったのです。

その時までは、多少の警戒があったのか、生物はやたらと姿を見せるようなことはありませんでしたが、それ以降はすっかりわたしを嘗めきったようで、堂々と姿を晒すようになりました。おかげで、やつの生態をゆっくり観察することができました。餌をとるのは一日一回で、実験動物を一匹ずつ餌食《えじき》にしていきます。それも小さいものから順番にです。猫はとっくに食い尽くされていました。小型犬もいなくなり、日本猿を食べだしていました。猿はあと二匹、それに、大型犬と豚が併せて、五匹いました。そして、研究所の中で最も大きい動物はわたしです。つまり、あと一週間の間、わたしの身は安全だということです。生物が大胆になったように、わたしも大胆に観察を始めました。

あいつは夜行性で、夕日が沈んだ直後に活動を開始し、朝日とともに活動を止めます。不快なことにわたしのベッドを寝床に決めたようで、朝になるとわたしを押し退けて、布団に潜り込むようになりました。不思議なことに排泄《はいせつ》をしているところはまったく見かけませんでした。あたかも、獲物を百パーセント自分の体の材料にしているかのようでしたし、実際そうとしか思えない速度で成長していきました。動物だけでなく、わたしが世界中から集めたイリジウムを含む土のサンプルまで食べてしまいました。その後はさらに成長の速度が上がったように思えました。わたしの想像ですが、イリジウムがなんらかの触媒になり、植物が光合成をするように無機物から、栄養素を作り出していたのではないでしょうか。

また、特徴的なこととして、痛覚の欠如があげられます。生物はがさつに高速で動き回るため、自分が壊した檻やガラスの破片で、全身のあちらこちらに大きな裂き傷を作り、赤黒い体液をばらまいていましたが、特に苦しがる様子はありませんでした。

わたしはそのことから、やつの体のサンプルを手に入れることを考えつきました。

方法は簡単です。生物が眠っている間にその体の一部を抉《えぐ》り取るのです。最初は勇気が要りましたが、メスを使って非常に容易に実行することができました。直径二十センチメートルほどの肉塊を切り取りました。傷跡からはおそらく血液に相当するであろう赤黒い体液が大量に流れ出しましたが、いっこうに弱る様子は見られません。

肉眼では、特に組織らしいものは見当たらず、赤いゼリーのように見えました。顕微鏡で観察したところ、細胞状のもので構成されていましたが、形態が未分化で、筋細胞なのか、神経細胞なのかも、区別がつきません。ただ、ところどころ発達途中の骨細胞の痕跡《こんせき》のようなものが辛うじて判別できました。その骨細胞様のものを分析した結果、大変興味深いことがわかったのです。

なんと、骨細胞の主成分はイリジウムだったのです。脊椎《せきつい》動物の骨の主成分がカルシウムであるようにです。まるで、パズルを合わせるようにいろいろなことが、わたしの頭の中で符合し始めました。

イリジウムは研究所に保管してあった土壌サンプルから摂取したのでしょう。問題は地上には六千五百万年前の地層以外からはほとんどイリジウムが検出されないということです。それなのに、この生物はイリジウムを主成分とする組織を持っている。そんな生物が存在するはずはありません。この地球上では。

恐竜を滅ぼした隕石《いんせき》がどこからやってきたものかはわかりません。ただ、それには大量のイリジウムが含まれていたということは確かです。その隕石とともに地球にやってきた生物なら、イリジウムを利用するシステムを持っていても不思議ではありません。わたしは知らぬこととはいえ、地球外生命体を復活させてしまったのです。

これは随分とセンセーショナルなことです。恐竜どころか、エイリアンのクローンを作り上げてしまったのですから。わたしは悩みました。これをどうすべきか。たとえ、数千万年前に絶滅した生物であろうとも、恐竜ならその大まかな生態は予想できます。また、現存する生物種との共通点も多くあります。しかし、地球外生物となると話が違います。その生態も能力も全く未知なのです。いったいどのくらいまで成長するのかさえ、わかりませんでした。そのころ、すでにあいつの体長は一・五メートルを越え、体重も七、八十キログラムはありました。だいたいイリジウムがなく、骨格が形成できないのにどうして、生存しているのかも不明でしたし、摂取している実験動物の量から考えて、その成長の速度は異常でした。もし、こいつが外に出て勝手に増殖を始めたら、自然環境に取り返しのつかないダメージを与えるかもしれません。このような開放された研究所ではとうてい扱い切れないしろものです。わたしは生物を処分することにしました。遺伝子サンプルは別に保存してありますから、もう一度厳重に隔離した実験施設で実験を再開するつもりだったのです。

わたしは生物を処分するために、本社から大量の廃液を取り寄せました。アルカリと有機溶剤です。廃液ならほぼただ同然で手に入りますし、無用な詮索《せんさく》も避けられるからです。わたしは念のため、二種類の廃液を禿山《はげやま》の上に置いておきました。万が一、生物がこの家の中に子孫を残していた場合、一匹ずつ駆除して取り残しを出すよりは、家ごと処理した方が安全だと考えたからです。

その夜、あいつはわたしのベッドから抜け出すと、最後の一匹になった大型犬を平らげにいきました。明日はわたしを食べるつもりなのでしょう。もし、わたしが逃げ出したら、どうするつもりなのでしょう。わたしが帰ってくるのをじっと待つのか。それとも外へ出ていくのか。

わたしはベッドの隣に水槽を運びました。昔、熱帯魚を飼っていたものですが、それらが死んでからは無用になっていたものです。生物を沈めるには充分な大きさでした。中になみなみとアルカリ性廃液を注ぎ込み、部屋の隅で息を殺して待ちました。

疲れが溜《た》まっていたのでしょうか。あれほど緊張していたのに、ついうとうとしてしまい、目が覚めた時には日が上りかけていました。

生物が何かのガスでも出したのか、部屋の中には嫌な臭いが充満していました。わたしは手で口を押さえ、ふらつきながら起き上がりました。平衡感覚がおかしくなったのか、まるで部屋全体がぐるんぐるんと回っているようでした。わたしは吐き気を堪《こら》えて這うようにベッドへと進みました。

あいつは一度、眠ったら夜が来るまでは絶対に起きないはずでした。わたしは自分を落ち着けようと懸命に深呼吸しましたが、胸騒ぎはいっこうにおさまりません。視覚がおかしくなって、天井と床が何度も入れ替わるような錯覚を覚えました。わたしは、ひょっとすると生物は危険を本能的に察知して何かの幻覚物質を放出しているのではないか、と思いました。

わたしは片目をつぶり、もう一方の目を細くし、焦点を定めようとしましたが、まだ朝日は上り切っておらず、どうもはっきりしません。わたしは手探りで怪物の体を確かめ、そのままぐいと水槽の方へと押しやりました。暖かい嫌な感覚が掌《てのひら》に残りました。また意外と軽い手応《てごた》えだったのも覚えています。

最初はばしゃばしゃと暴れていましたが、ものの数秒でおとなしくなりました。眠っている時に不意を襲われたので、ほとんど抵抗することもできなかったようです。

わたしはといえば、生物の生死を確認する余裕もありませんでした。全身の脱力感と不快感は頂点にまで達し、どうすることもできません。そのまま、アルカリ廃液の飛沫《ひまつ》が残っているベッドの上に倒れ込み、意識を失ってしまったのです」

その時点で、わたしは小戸の話を百パーセント信じたわけではなかった。しかし、不思議なことに、小戸のつかえながら話す物語には、ある種の真実が持つ牽引力《けんいんりょく》のようなものがあった。

　わたしは部屋の中にある水槽に近づいた。ひょっとして、これが今話にあった水槽なら、中には怪物が沈んでいるはずだ。アルカリの強さにもよるだろうが、なんらかの痕跡ぐらいは残っているかもしれない。

「目が覚めると、体のところどころに潰瘍状《かいようじょう》の傷ができていましたが、不思議と痛みはありませんでした。ただ、全身がだるくて、どうしようもありません。窓を見るとすでに日は傾きかかっていました。わたしは生物がどうなったかを確かめようと水槽を覗《のぞ》き込みました。……その水槽にはまだ、アルカリが入っています。気をつけてください」小戸はわたしが近寄りつつある水槽を指差した。「わたしは水槽の中に決して見たくないものを見たのです」

　入り口から差し込む夕日は、もうほとんど蠟燭《ろうそく》の光のようになっており、わたしは中に沈んでいるものを見るために水面にぎりぎりまで顔を近づけなければならなかった。危険な臭いが鼻をつく。液体の中にぼんやりと沈んでいる影の輪郭を目で追った。

　突然、それが何であるかが、わかった。「うわあああああ!!」わたしは尻餅《しりもち》をつき、危うく、水槽をひっくり返しそうになってしまった。

「畜生。いったい、いつの間に入れ替わりやがったんだよう」小戸が寂しげに言った。

　水槽に沈んでいたのは人間の遺体だった。それも、ほとんど骨だけになっている。

「こ、これは人間じゃないですか！」わたしはうわずる声で言った。「あんたは人間をアルカリの中に漬けたんですか⁉　これは誰なんですか⁉」

「それはわたしです」小戸は答えた。

「入れ替わったんですよ。わたしと」小戸は水槽を指差し、次に自分を指差した。

「この生物が」

「何を言ってるんだ⁉　すぐ警察に連絡しなければ」わたしはその場から走り去ろうとした。部屋のドアが目の前でしまった。同時に部屋全体がぼうっとした光に包まれた。蛍光灯のようにはっきりした光ではなく、蛍の光のように頼りないものだった。

「警察に知らせている時間はありません。生物は間もなく目を覚まします。どうしてもわたしの言葉が信じられないと言うのなら、これを見てください」小戸が言うと同時にテーブルがひっくり返る音がした。

わたしは小戸の方を振り向いた。そこには信じられないものがあった。

今まで、ずっと椅子に座っているとばかり思っていた小戸の体は、実は床から生えていたのだ。床の一部が火山のように一メートルほど盛り上がり、その頂上部に小戸の上半身が乗っかっている。

わたしは口を開けっ放しにして、目を剝《む》いた。だらだらと涎《よだれ》が垂れる。

「驚くのも無理はありません。説明する必要があるでしょうね。これは本物のわたしではないのです。本物はさっきあなたが確認されたように、水槽に沈んでいます。今話しているのは言うならば、わたしのできの悪いコピーなのです。わたしはさっき、生物を復活させる時に現存する脊椎《せきつい》生物のゲノムを利用したと言いました。その脊椎動物はヒト——つまり、わたし自身だったのです」

わたしはその場にへたりこんでしまい、さっきまで小戸だとばかり信じ込んでいた怪物を見上げた。

「わたしは生物の体に生えた疣《いぼ》のようなものなのです」小戸、あるいは小戸のようなものは続けた。「おそらく本物のわたしが眠っている間に記憶を盗んだのでしょう。あいつがこんなことをする理由はよくわかりません。ひょっとすると、この生物は見掛けより遥《はる》かに狡猾《こうかつ》で、現代に関する知識をいっさい持っていなかったのにもかかわらず、短時間わたしを観察しただけで人類が当面最も手強《てごわ》い敵になりそうだと見抜き、その思考や生態を解析するためにこんな形のコピーを作ったのかもしれません」

わたしは少しでもそいつから逃れようと体をずらした。

「そんなことをしても無駄です。あなたはすでにあいつの内部に入ってしまっているのです。獲物がいなくなったにもかかわらず、あいつはそれからもどんどん成長していきました。陸上では内骨格を持たない生物は、自重で潰《つぶ》れてしまうため、ある程度以上大きくなることはできません。骨格を形成するための大量のイリジウムがなければ、やがて成長は限界に達するはずでした。ところが、あいつは問題を解決してしまったのです。この建物自体を内骨格にするため、自らに取り込んでしまったのですよ」

床がぐにゃりと波打った。

「家の外も内も今ではすっかり生物の組織で覆われています。この家の中に、ほとんど家具がないことに気づかれましたか？　家具はなくなったわけではないのです。家具も実験設備もすべて硬質の組織の中に埋まっているのです」

部屋全体がぐにゃぐにゃと変形を始めた。小戸の体も脈打っている。

「急いでください。もう時間切れです。あいつが完全に目覚めれば、わたしの人格は統合を続けることができなくなります。あいつと人類は決して共存できません。太古に地上を支配するためだけに隕石《いんせき》と共に降り立ったのです」

わたしは唇を嘗《な》めたが、口の中は舌も含めてからからに乾いていたため、唇を湿らす役にはたたなかった。「どうして、そんなことがわかるんだ？　さっきの話が本当なら、六千五百万年も前のことのはずなのに」

小戸はにやりと笑った。「わかるのです。わたしたちとこの生物は神経繊維で、いわば有線接続されているのです。わたしの意識が覚醒《かくせい》していられるのは、この生物が目覚める前の数分間だけなのです。その最後の数秒間に巨大で邪悪なあいつの狂気がわたしの心を打ち砕きます。その時間はとてつもない苦痛をもたらしますが、あいつの狂った精神を垣間見る《かいまみ》唯一の機会でもあるのです。こいつの本体が六千五百万年前に地球を支配したことはほぼ間違いないことだと考えられます。イリジウムの不足ごときで滅ぶようなやわな存在でないのはご覧のとおりです。その後どうなったのかはわかりません。徐々に進化を続け、やがて地球の生物層に埋もれていったのか。あるいは再び宇宙空間に旅立っていったのか。それとも……」小戸は顔をしかめ、呻《うめ》き声を上げた。「もう、終わりです。なんとか、この家から脱出してください。幸いなことに、こいつには、人間の遺伝子が含まれている。本来の姿なら、火も化学物質も、それどころか人類が持つあらゆる攻撃でも歯が立たなかったろうが、今やこいつは人間の弱さを兼ね備えている。あの廃液で……こいつを……」小戸は苦しみながらもなんとかそれだけ言うと、白目を剝き、がっくりとのけぞった。

壁が脈打ち始めた。

わたしは恐怖に捕らわれ、なんとか立ち上がるとドアを叩《たた》き開けようとした。

「やめろ……」上から歪《ゆが》んだ声がした。「そんなことをしたら、おまえが外に出る前に完全に目覚めてしまう」

見上げると、壁から突き出している彫像が喋《しゃべ》っていた。その顔は小戸のものだった。

「今、おまえと話していた、あの擬脳はもう機能していない。この家の神経ネットワークに吸収されてしまった」彫像は苦しそうに言った。「あの擬脳を通じておまえの存在はすでに生物の知るところとなってしまった。時間だけが勝負だ。やつが動きだす前にかたをつけてくれ。ドアはわたしが……」小戸の彫像はがっくりと、垂れ下がった。同時にしまっていたドアがゆっくりと開く。

わたしは怪物を刺激しないように、忍び足で玄関へと進んだ。

「叫び」もどきの絵の前を通ろうとした時、誰かに肩を摑《つか》まれた。わたしは力なく、悲鳴をあげ、その場にへなへなとすわりこんだ。

「大きな声を出すな」掠《かす》れた消え入りそうな声が言った。「廊下全体が収縮運動を始めたのに気がつかないのか？　時間切れは近い。急ぐんだ」わたしの肩を摑む手は絵の中から出ていた。絵の中の歪んだ口が、声をふり絞る。「これにしくじったら、もう次の機会はない。おまえにも。人類にも。いいか。確実に仕留めるんだ。……千の仔《こ》を孕《はら》んでいる……」

わたしは冷たい手を振り払い、蠢《うごめ》く通路を出口へと這《は》い進んだ。足が縺《もつ》れて、立ち上がることができなかった。夕日は完全に禿山《はげやま》の向こうに沈んでしまい、夕焼けが残り火のように広がっている。

わたしは外に飛び出ると、一目散に元来た道を引き返そうとした。

「頼む。逃げないでくれ」玄関の唇が言った。「あんたが最後の希望なんだ。あの山の上のトラックを使えば、まだ間に合うんだ。今日を逃したら、もう手に負えなくなる。必ず息の根を止めるんだぞ」

わたしは十メートルほど進んで後ろを振り向いた。今や研究所全体がぶるぶると震えていた。木材が軋《きし》む音が耳をつんざくようだ。いや。軋む音だけではない。怪物の全身に生えている無数の疣から、音が出ているのだ。その疣一つ一つには小戸の顔がついている。いくつかは正常な顔で、他の大部分はどこかしら欠陥があった。いずれにしても、そのすべてが苦痛に歪み、絶叫していたのだ。

わたしはその光景をしばらく惚《ほう》けたように眺めていたが、ついに意を決して禿山の方へと走りだした。

頂上へのちゃんとした道路は研究所のある窪地《くぼち》から見て反対側にあるのだが、徒歩なら窪地側からでも登られないことはなかった。たぶん、頂上までは五分とかからないだろう。

わたしは砂地のざらざらとよく崩れる斜面を必死になって登った。禿山といってもところどころには小さな藪《やぶ》があって、そういうところを通る時は枝葉が服や皮膚に裂き傷を作ったが、そんなことは気にならなかった。とにかく、あの怪物をなんとかしなければならないという気持ちばかりが焦った。あの小戸という男に会ったのは初めてだが——いや、彼はすでに死んでいるのだから、ついに一度も会わなかったと言った方が正確か——疣になって生き続けていることを考えると、哀れでしようがなくなった。早く楽にしてやりたい。そのうえ、怪物の目的は地上の支配だという。これ以上、犠牲者を増やすことはなんとしても避けなければならない。厄介なことにあいつにはすでにわたしの存在やわたしが小戸から授かった計画のことは筒抜けになっている。とにかく、今は歯を食いしばって、頑張るんだ。さもないと、明日はもう来ないかもしれない。

全身から汗が吹き出てくる。手足の力が抜けて萎《な》えていくようだ。筋肉が悲鳴をあげている。

わたしはさっき見た研究所の様子を思い出し、恐怖を糧に道を進んだ。夕暮れの空を背景に今まさに立ち上がろうとする真っ黒な巨体。その形は人のようでもあり、四足獣のようでもあり、何か名状しがたい未知のもののようでもあった。玄関は徐々に口に変化し、その上には人にそっくりな目が二つ並んで、瞬《まばた》きを繰り返していた。おぞましいことに、あきらかにわたしを見つめていた。全身の突起の先端にいる小戸は常に絶叫し続け、わたしの耳を引き裂かんばかりだった。

頂上の平地まで、二十メートルまで近づいた頃には、斜面がさらに急になった。ついにはわたしは立っていられなくなり、手をついて這い登らなければならなくなったが、なんとか頂上の平地に辿《たど》り着くことができた。赤いトラックはほんの数メートル先にあり、その向こうに青いトラックがあった。わたしは一息ついて、トラックを落とす場所を見定めようと、窪地を振り返った。

目の前、ほんの二メートルほどのところに真っ黒な巨体があった。

その形は人のようでもあり、四足獣のようでもあり、何か名状しがたい未知のもののようでもあった。それが建物であった形跡はもはやどこにも残っていない。のたうつ肢《あし》はさらに数を増し、特に前面に生えた一際巨大なそれは前足、もしくは手の形態になっていた。玄関はすでに完全な口の形に変化し、無数の鋭い牙《きば》を剝《む》き出しており、その数は刻々と増え、口の奥から湧き出している汚水のような唾液《だえき》をだらだらと垂れ流している。口の上には人にそっくりな目が二つ並んで、瞬きもせずに、わたしを睨《にら》みつけている。全身の突起の先端にいる小戸は常に絶叫し続けており、それは天地に響きわたる。

わたしの血は凍りついた。全身の穴という穴から、汚物が溢《あふ》れ出した。喉《のど》の奥から、ひいっひいっと子供のような泣き声が漏れた。ただ、不思議なことに腰が抜けるようなことはなかった。下半身は完全に硬直していたのだ。気配を消して、わたしの後をつけてきたのだろうか？　それとも、いっきにここまでの距離を跳躍したのか？　どちらにしても信じがたいことだった。

「ぶごぉぉぉ!!」怪獣は吠《ほ》えた。禿山は地震のように大きく震えた。わたしの服は音圧でぶるぶるとはためき、裂き傷のところから破れていく。

怪獣は威嚇のために吠えたのかもしれない。しかし、その吠え声による衝撃は逆にわたしを正気に戻した。

わたしは赤いトラックに走り込んだ。キーは付けっ放しになっている。わたしは震える手でキーを捻《ひね》った。

何も起こらない。

わたしは半狂乱になってもう一度キーを捻った。エンジンはぷすりとも言わない。何かがわたしの邪魔をしていた。バッテリーが上がっていたのか、エンジンが故障していたのか、それとも単純な電気系統の断線か、あるいは怪獣の超能力か。

わたしはトラックから飛び出した。こうなったら、どうしようもない。あとはなんとか逃げ延びて、助けを呼ぶしかない。

怪獣はすでに頂上の平地に前足をかけていた。その姿は巨大すぎ、薄明りの中では輪郭すらよくわからない。

「ぶごぉぉぉ!!」

地面が揺れる。だめだ。逃げ切れない。

「ひょおおおお。ひょおおおおおお」小戸たちが苦痛に顔を歪めながら叫んでいる。

怪獣はさらに一歩、足を進める。ずぶりと足が地面に沈んでいく。同時に怪獣の下の土砂が崩れ始めた。そのまま、怪獣は地滑りに乗って、十メートルほど後退した。

これは千載一遇のチャンスかもしれない。これで少し、余裕ができた。しかし、ほんの数秒間だ。逃げるには足りない。

わたしはするりとネクタイをはずした。ポケットをまさぐりマッチを取り出す。汗でぐっしょり濡《ぬ》れているため、なかなか火がつかない。

再び怪獣の前足が平地にかかる。

わたしはやっとついた火をネクタイに近づける。しゅるりと煙がたち、化学繊維の不快な臭いが立ち上る。小さな炎が続いて、布の表面を嘗《な》め始める。わたしはネクタイをトラックの運転席に投げ入れる。火はたちまち小さくなる。しかし、火にばかりかまってはいられない。わたしはハンドブレーキを解除し、ギアをニュートラルに入れる。外に飛び出し、満身の力を込めてトラックを押し出そうとする。

「ふんぬおおおお！」わたしは声を張り上げる。

「ぶごぉぉぉ!!」怪獣の吠え声がわたしの声をかき消す。

トラックはぴくりともしない。怪獣はわたしのすぐ側に足をつく。もう一方の足が頭上に迫る。また、地面が流れ出す。怪獣が流れ出す。トラックも流れ出す。わたしは慌てて、土砂流から飛び退く。

怪獣は踏みとどまろうとしたが、トラックがぶつかったため、踏ん張りがきかず、どんどん加速をつけて、斜面を転がり落ちていった。トラックは回転し、怪獣の上で何度も跳ねる形になった。よくは見えなかったが、飛沫《しぶき》らしいものが見えた。怪獣とトラックはついに窪地にまで到達した。一、二秒は何も起きなかった。次の瞬間、怪獣はトラックを跳ね飛ばした。首を持ち上げると、再びわたしを睨みつけ、口から体液だか、唾液だかをまき散らしながら、吠えた。「ぶごぉぉぉ!!」そして、山の方へ足を踏み出した。

怪獣は輝いた。どうやら、トラックの中で、火は燻《くすぶ》り続けていたらしい。ようやく、怪獣の全身にかかった有機溶剤に引火したのだ。

怪獣は炎の中で、無数の肢をめちゃくちゃに振り回した。火の粉が花火のように美しく飛び散った。表皮のあちらこちらが膨れ上がり、体液をまき散らしながら、破裂していく。疣《いぼ》の一つ一つが身を捩《よじ》って苦しんでいる。

いったいどのくらいの時間だったろうか、わたしは炎に魅入られたかのようにずっと立ち尽くしていた。気がついた時には炎はかなり下火になっていた。怪獣の姿はもはやそこにはなく、あるのはただの焼け落ちた廃屋だけだった。

わたしはそれから村役場にも家にも戻らず、そのまま都会に飛び出してきた。あんなことのあった村に一秒たりともいることができなかったのだ。地図で村の地名を見かけただけで、唾《つば》を吐きかけたくなるぐらいだった。

着の身着の儘《まま》だったため、所持金は旅費でほとんど使い果たしてしまった。しばらく、公園で野宿かと諦《あきら》めていたが、運よく着いたその日のうちに住み込みの仕事が見つかった。パチンコの景品を客から買い取る仕事だった。自分で始めるまで知らなかったが、どうやら違法ではないらしい。村役場よりもかなり給料は少ないようだったが、そんなことはどうでもよかった。わたしはただ誰とも関わらず、静かに暮らしたかったのだ。

部屋はパチンコ屋と並びの小さなアパートだった。狭苦しい部屋だったが、それがわたしにはちょうどよかった。わたしは毎日仕事が終わると、黴臭《かびくさ》い煎餅布団《せんべいぶとん》にくるまり、丸くなって震えながら眠った。

あれから、一週間が過ぎた。わたしは毎日、四六時中、不安に苛《さいな》まれている。ああ、どうしてわたしは燃え滓《かす》を青いトラックに積んであったアルカリ廃液で処理しなかったのだろう。どうして、恐怖にかられて逃げ出したりしたのだろう。確かに、何もかも燃え尽きたように見えてはいた。しかし、それが何の保証になるだろう。あいつは正真正銘の怪獣なのだ。

今日、アパートに帰ると、病気で仕事を休んでいる隣の部屋の住人が妙なことを言った。二、三日前から夕暮れ時になると、顔色の悪い四十前後の男がわたしを訪ねてくるようになったと言う。ここの住人には借金から逃げている者が多いこともあって、隣人は機転をきかせて、もうそこの人は出ていきましたよ、と言ってくれたらしかったが、毎日必ずやってきては、あの男はいませんか？　なぜ約束を守って最後までやりとげてくれなかったのでしょうか？　と蚊の鳴くような声で繰り返し言い残していくらしい。

小戸には恨まれてもしかたがない。わたしは途中で使命を放棄してしまったのだ。わたしは小戸だけではなく、全人類を見捨ててしまったのだから。

いや。そう決めるのはまだ早い。現にあれから、一週間もたつというのに、世の中には何の異変も起きてはいない。案外、炎だけで怪獣は滅んでしまったのかもしれない。わたしはおそらく世界を救ったのだろう。

わたしは今晩も、ニュースを念入りにチェックする。世界の終わりが近づいていないことを確かめるために。

「今日は一日、穏やかな天気でしたが、この天気は週末まで続き、この土日は行楽地にかなりの人出が見込まれます」アナウンサーは呑気《のんき》な様子で、ニュースを続ける。「さて、一週間前、過疎の村で起きた研究所の不審な火事の続報です」村の名前が読み上げられ、警察官や消防士たちが焼け跡を調査している映像が流れる。わたしは吐き気を覚えた。「今日午後になって、現場から男性の遺体が見つかりました」そうか、見つかったのか、とわたしはぼんやり思った。いずれにしてもよかった。これで、あの男も成仏できるだろう。

わたしはほっとして、何気なく窓から夜の街を眺めた。ここは三階だというのに、小戸がヤモリのように窓ガラスにへばりついていた。恨みがましい顔ではなかった。何か諦めにも似た不思議な笑みをたたえている。

凍りついたように小戸を見つめるわたしの耳に、ニュースの続きが聞こえてきた。「焼死体の男性の身元は村役場の職員……」アナウンサーはわたしの名前を告げた。「……さんと判明しました。警察では放火や殺人の疑いもあるとして、捜査を続けていく方針です。さて、次のニュースです……」

畜生。いったい、いつの間に入れ替わりやがったんだよう。

窓に貼りつく小戸は大きく口を広げて笑った。口の中には針のような牙《きば》が無数に生えている。

アパートの薄汚れた壁が脈打ち始める。

ジャンク

いくつめかの山を越えた後、ようやく麓《ふもと》に小さな村を見つけた。

人造馬はすでに何時間も前から、どうしようもないほどの臭いを放っていた。腐ってぼこぼこになっていた鞍《くら》はとっくの昔に引き剥《は》がしていたので、わたしの尻《しり》はじくじくと水っぽい膿《うみ》を出し続ける人造馬の剝《む》き出しの筋肉の上に直接乗っており、ズボンはずくずくに濡《ぬ》れてしまっていた。

わたしは人造馬を急がせるために少し強めに腹を蹴《け》った。それがよくなかったようだ。靴の爪先《つまさき》が腹の筋肉に突き刺さった。強い陽射しを何時間も受け続けて、人造馬の筋肉はすっかりふやけてしまっていたのか、ずるずると嫌な音を立てながら、筋が一本蛇のようにのたくったかと思うと、ぶちりとちぎれてしまった。人造馬はそのまま二、三歩よろけると、今度は右前脚を変な向きにねじった。

わたしは慌てて人造馬から降りた。このままでは村に着くまでに乗り潰《つぶ》してしまうかもしれない。そうなったら、村まで運ぶのはとても無理だ。たとえ、無理に引きずったとしても、岩や灌木《かんぼく》に引っ掛けて組織を壊してしまうだろう。

わたしは荷車をはずした後、手綱を引いて人造馬を歩かせてみた。ひょこひょこと体が妙に揺れる。脇の筋肉が切れたことでバランスを崩したこともあるのだが、やはり右前脚がおかしい。第一関節がはずれてしまっているようだ。人造馬の脚の関節は五つ以上もあり、まるで鞭《むち》のようにしなる。はずれた部分はぶらぶらになって、歩く度に乾いた地面に擦《こす》り付けられ、表面の保護膜が破れ、体液が流れ始めている。ぐらぐらしているため、支点にできず、体の他の部分の筋肉にも負担をかけている。

わたしははたと考え込んだ。足の第一関節から先を切断すべきだろうか？　そうすれば、少なくともしっかりと踏みしめることはできるはずだ。傷口からの体液の流出や地面からの感染の危険性はあるが、村まではほんの一時間ほどで着くはずだ。すぐに処置をすれば致命的なことにはならないだろう。しかし、あの村にスクラップ屋があるとは限らない。むしろ規模から見れば、ないと考えるのが妥当かもしれない。となれば、この人造馬はもう一日も持たないだろう。馬なしで、この先の荒れ地を進むのは剣呑《けんのん》だ。

わたしは溜《た》め息をついた。いずれにしても、あの村にスクラップ屋がなければ、この人造馬は諦《あきら》めるしかないのだ。

わたしは腰にくくりつけたずだ袋から、骨刀を取り出した。柄《つか》は干からびた手首だが、とっくの昔に動かなくなってしまっている。あの村のスクラップ屋に見せて直らなければ、柄を取り替えるしかないだろう。柄がしっかり握ってくれなければ、こっちが握ってやらなければならない。使えないことはないが、随分不便だ。

わたしは粘つく人造馬の足を摑《つか》み、水平にすると、さっと骨刀を振り下ろした。人造馬の脚先は嫌な音を立てて、ちぎれ飛んだ。じゅるじゅると人造馬は嘶《いなな》いた。苦痛は感じないはずだが、やはり自分の肉体の一部を傷つけられるのは不愉快なのかもしれない。切断面からは黄色い汁が流れている。臭いを嗅《か》ぐとどうやら腐汁のようだ。熱のため、骨髄の腐敗が始まっている。修理にはかなりかかりそうだ。

村まで人造馬と荷車を引いていかなければならないことが確定し、わたしは落胆しながら、脚先を拾いにいった。ずだ袋に突っ込もうとしたが、腐敗がこれ以上進行すると、袋の中身が全部だいなしになるかもしれないと考え直し、荷台の干し草の中に投げ込んだ。干し草の下には大事な荷があった。半日以内なら、かなりの値で売れるはずだ。その金で人造馬を修理しよう。部品も使えるはずだ。なにしろ、ほんの三十分前に死んだばかりの新鮮な若い男の体が二つもあるのだ。


村に入ってすぐは歓迎してくれるものといえば乾いた砂ぼこりばかりだったが、どこで見張っているのか三十秒後には娼婦《しょうふ》たちがわらわらと集まってきた。全員、日に焼けたためか、肌は真っ赤になり、髪は茶色くなっている。破れてぼろぼろになった乾皮布をドレスに見せかけようとして、胸の辺りから腰に向けてきつく巻き付けている。胸の谷間を強調しようとする努力が涙ぐましい。

「兄さん、この村は初めてだね」年増《としま》だが、威勢のいい笑顔の女が話しかけてきた。前歯が三本も欠けている。「いい時に来たよ。いつもはあたいらは忙しいんだけど、今日はたまたま暇でね。よりどりみどりさ。まあ、あたいを選ぶってことはだいたい察しがついてるんだけどさ」

「この村にスクラップ屋はあるか？」わたしは熱い体を擦りつけてくる女に言った。

「スクラップ屋？　ここにはないよ」女は眉間《みけん》に皺《しわ》をよせた。「人造馬の修理なんか後でもいいじゃないか。それより楽しもうよ。あんた、ごっつい体してるねぇ」

わたしは女を押し退け、荷車を指差した。「荷物があるんだ。急がないと、傷んでしまう」

女たちは荷車の周りに集まり、おっかなびっくりで様子を窺《うかが》っている。

わたしは干し草をむんずと掴むと、放り投げた。そこには二人の男の死体があった。一人は腹に大きな裂傷があり、腸がはみ出している。もう一人の頭は半分潰れていて、眼球が眼窩《がんか》から零《こぼ》れている。

女たちは息を飲んだ。

「あんた、ハンターなのかい？」年嵩《としかさ》の女は腰に手を近付けた。ナイフが股《また》の間から飛び出して、女の手を握った。見ると、女の股の間から手が生えている。特別製の下着らしく、指の先にはセンサーの働きをする目がついている。

「心配するな」わたしは女たちを刺激しないように静かに言った。「ハンターはこいつらの方だ。獲物にされそうになったから、逆に倒したまでだ。それにハンターが好き好んで、こんなスクラップ屋もいない村に獲物を運んでくるかどうかぐらいわかるだろう」

「こいつら、知ってるよ」若い女が言った。「この間、あたいの子供をさらっていったやつらだよ！　こん畜生!!」若い女は死体を激しく蹴り始めた。

わたしは若い女をはり倒した。

「何するんだよ!!」女は金切り声をあげた。

「品物に傷をつけるな。こいつらはおまえの子供のかたきかもしれないが、殺したのはおまえじゃない。死体の権利は殺人者のものだ。この掟《おきて》を知らんとは言わさんぞ」

「まあまあ、兄さん」年嵩の女は割って入った。「許してやっておくれよ。この娘も子供を殺されて、ちょっとばかし頭にきてたんだよ」わたしの体にしなだれかかる。

「掟は誰でも知ってるよ。そうしなければ、文明が維持できないこともね。でも、その掟のおかげでハンターが好き放題することになっちまった。こいつら人間を狩って、金にしてるんだ。死んだ後でどうされようが文句はないはずさ」年嵩の女はハンターの顔を踏み付けた。鈍い音がして、眼球が破裂した。「あら、ごめんよ。大事な商品を」

　わたしは女を無視して、荷車と人造馬を引いて村の奥へと進みだした。

「あんた、ハンターキラーだね。ハンターしか狙わないんだろ」女もわたしの後について、歩きだした。

「だったら、どうだというんだ？　ハンターキラーもハンターと同じだ。人間のくずだ」

「ハンターキラーはハンターとは違うさ。無抵抗なあたいらを狩るんじゃなくて、武器を持ったやつらと戦うんだから。命をかけた仕事なんだろ。知ってるよ。半年前にも有名なハンターキラーがハンターどもの待ち伏せにあって、なぶり殺しにされたそうじゃないか。後で、またここにおいでよ。なに、料金はサービスにしとくよ。あたいはハンターキラーが好きなんだ。特にあんたみたいな逞《たくま》しい男がさあ」女はわたしの胸に掌《てのひら》を当て、なで回した。

　突然、女はびくりとして手をひっ込めた。目には不審の色が見える。「なんだい、これは?!」

　わたしは無表情なまま、服の前を開けた。わたしの右の乳の辺りから、臍《へそ》の横にかけて女の顔が現れた。赤銅色の皮膚に囲まれ、女の顔はとても白く見えた。眉毛《まゆげ》は黒々とひきたち、唇もほんのりと赤みがある。ただ、目は閉じたままだった。

「何だよ。何だって言うんだよ」女は恐怖に取り付かれたようだった。「あんたは……その……女の顔を自分の体に移植するのが趣味なのかい」

「愛するものに死なれたことがあるか?」わたしは言った。

「えっ? じゃあ、それは……」

「愛するものが目の前で殺されて、どうすることもできなかった」わたしは声を震わせた。「こうして体を一つに繋《つな》いでやることぐらいしかしてやれることがなかった」

「恋人だったのかい?」

わたしは黙って頷《うなず》いた。

女は立ち止まった。その背後には他の女たちがやはり立ち止まって、怯《おび》えるような視線をわたしに投げ掛けている。

いつものことで、もう馴《な》れっこだ。わたしはまた人造馬と荷車とともに重い足を引きずり始めた。

「待ちな!」年嵩の女が元気のいい声をかけてきた。「この村にゃ、スクラップ屋はないけど、そこの角を曲がって突き当たりまで行きゃあ、ジャンク屋がある。腕が悪いんで、あんまり役にゃあたたないだろうけど、ないよりゃましだろ」

「ありがとう」わたしは女に礼を言った。

「ごめんよ。あたいにはあんたに抱かれる勇気はない」女は大声で続けた。「でも、いいだろ。その女をずっと抱き続けてられるんだから」

わたしは返事もせずに女の前を通り過ぎ、歩き続けた。

「ねえ。あんた」女は掌を筒にして口に当てた。「きっと、その娘は幸せだと思うよ」

わたしは振り向いて、女に手を振った。


袋小路の果てにジャンク屋はあった。入り口にドアはなかったが、バラック造りの建物の中は暗く、よく見えなかった。わたしは近付いて覗《のぞ》き込んだ。つんとすえた臭いが鼻をつく。間違いなくジャンク屋のようだ。

「何か用か？」店の奥から、ずんぐりした影が起き上がった。

「死体を買い取って欲しい。それから、人造馬の修理。それに防腐剤と細胞活性剤の注入を頼む」

「まず、よく見せてくれ」日の中に現れたのは、汚らしい髭《ひげ》を生やした藪睨《やぶにら》みの老人だった。老人は荷車の上の死体を見ると、鼻を鳴らし、顔と腹の辺りを探った。「ふん。まずまず、新鮮なようだ」そう言うと、腹が裂けている方の死体を蹴飛《けと》ばして、乾いた地面の上に転がした。そして、老人はくしゃくしゃになった乾皮布のズボンのポケットから、なにやらテスターのようなものを取り出した。精密な機構を包むべきケースは下半分しかなく、内部が剝《む》き出しになっている。針はおそらく、人差し指の骨を細く削り出したものだ。糸のような筋肉繊維が根元の辺りに絡みついている。つまみの下についている大脳皮質の塊はCPUかメモリだろう。テスターから伸びている蜘蛛《くも》の糸のような白金線を眼球と指と口の中と腹の傷口にひっ掛ける。注意深くつまみをいじり、針の動きを凝視している。老人は頷くと、今度は小さな骨刀で、器用に頭の皮をぐるりと切り取り、頭蓋骨《ずがいこつ》に穴を開けた。ポケットから今度は小さな舌を取り出し、脳の表面に押し当て、また針の動きを確認する。

「こっちは千二百単位で買い取ろう」老人は事務的に言った。

「もう少し出してくれ、まだ二時間たってないんだ」わたしは薄ピンクの脳を指差した。「この脳だけでも一万はするはずだろ」

「確かに死んだ直後なら、そうかもしれねえ。でも、脳ってもんは時間がたつと急激に安くなる。一時間ごとに半額だ。それだけ損傷が激しい器官だってことだ」

「それでも、二千五百はしないとおかしい」

老人は口を半開きにし、涎《よだれ》を流しながら笑った。「確かに大きな町のスクラップ屋なら、その値段で買い取るかもしれん。じゃが、ここはしけたジャンク屋だ。どんな新鮮な脳があったって、十分な設備がない。だから、CPUにはできない。せいぜいが増設用のメモリだ」

わたしにはスクラップとジャンクが正確にどう違うものかはよくわからない。ただ、人体リサイクル業者のうち、高い技術を持ち、比較的まとまった器官を扱うものをスクラップ屋、逆に技術がなく、器官を細かく切り売りするようなものをジャンク屋と呼ぶのは一般の習慣になっていることは知っていた。

「じゃあ、売るのはやめておく。今から、近くの町のスクラップ屋に売りにいく」はったりだった。人造馬はおそらく、後二、三時間しかもたないだろう。

「行きたきゃ行けばいいさ。ただ、一番近いスクラップ屋までここから、三日はかかる。そのころには脳どころか、筋肉まで使い物にならなくなってるだろうよ。まあ、骨と皮は加工用に売れるかもしれんな。残りの組織は蛋白源《たんぱくげん》にされるのがおちだ。二束三文で買いたたかれる。どうするね？」

「わかった。じゃあ、二千でどうだ？　意地の張り合いをしていてもしようがない」

「千五百」

「千八百」

「千五百だ。嫌なら、帰ってくれ」

「こっちの方はどうだ？」

「そっちか？　そっちは調べるまでもない。脳組織に圧力がかかった形跡がある。神経系はまだ使える可能性はあるが、五百単位がいいとこだ」

「併せて、二千五百でどうだ？」

「二千でぎりぎりだ。悪いがこれ以上は出せない」

わたしは二千で手を打つことにした。

老人は慣れた手つきで、最初の死体から脳を取り外した。骨の枠に皮をはった盥《たらい》に放り込むと、頭蓋骨で作った瓶《かめ》から、焦げ茶色の液体を注ぎ込んだ。脳はデリケートな組織で、手荒な扱いは禁物だ。老人は優しく、液体をかき混ぜ、脳全体に浸《し》みわたらせた。そして、埃《ほこり》をかぶったごつい装置から何本もリード線を取り出す。先端は白金のようだが、それ以外の部分は神経繊維の束でできている。老人はかたかたと骨製のキーボードを叩《たた》く。針が振れるとともに、装置の上部に取り付けられた手首が各指をばらばらに動かし、インクが注入された鋭く尖《とが》った爪で、人皮紙の上に曲線を描き始める。

「ふむ。何か所か、壊死《えし》が進んでいる場所があるな。一体で使うよりも、六分割した方が効率がいい」老人は骨刀を使い、慣れた手つきで脳を切り開く。脳漿《のうしょう》が溶液を濁らせる。もう一度、リード線をセットし直し、キーボードを叩いた。「これでいい。だいたい半日で初期化が終わって、メモリになる」

「この装置を使えばＣＰＵにだってできそうじゃないか」わたしは装置表面の埃を指で拭《ぬぐ》いながら言った。

「それは無理な相談だ」老人は両手を広げた。「ＣＰＵに使うためには、システムをインストールしなけりゃならないが、この装置は容量が小さすぎる。それに脳組織の改造も必要だ。いくつかの神経を切除したり、白金線を埋め込んだり。俺にはそんな技術はない」

老人は続いて、もう一人の方の脳の検査をしたが、やはり使い物にはならなかった。脳出血のため、細胞のかなりの部分がだめになっていた。

「せめて目玉が潰《つぶ》れてなきゃ、いいカメラになったんだがなあ。まあ、水晶体を小型レンズに、網膜は光センサーに加工するしかねえな」

消化器や太い血管は樹脂処理をしてホースや水道管にできる。歯や骨は硬度が必要な構造材になるし、皮膚は乾かした後の処理によって布や紙になる。肝臓や膵臓《すいぞう》などは化学物質を製造する装置に組み入れる場合もあるが、ジャンク屋では処理をせずに蛋白源とするそうだ。筋肉は動力に使う。特に心臓はそのまま、ポンプに使えて便利だ。太い神経は信号線として使う。最近では白金が残り少なくなってきたので、ますます重要になっていくことだろう。手足や顔はそのままの形で使う場合も多いのだが、処理が難しいため、ジャンク屋ではすべてばらしてしまう。骨刀の柄《つか》の修理は諦《あきら》めなければならないようだ。目や耳や鼻や舌や皮膚はカメラやマイクや化学センサーに使える。それから、声帯はスピーカーにすることもできるが音域が狭く、寿命も短いため、あまり使われてはいない。もちろん、各種臓器は移植用にも使うことができるが、やはりジャンク屋では本式の移植手術は無理だということだった。

「この死体だが、どうするね」老人は欠伸《あくび》を嚙《か》み殺した。「わしはこのまま、こいつらを捌《さば》こうと思っとるんだが、もしあんたがどうしてもスクラップ屋にもっていきてえなら、つけてやってもいいぞ」

「どういうことだ？　あんたはさっき近くのスクラップ屋までは三日もかかるって言ってたはずだぞ。騙《だま》したのか？　それとも、この店に冷凍保存装置でもあるというのか？」

老人は再び涎を垂らしながら笑った。「あんた、デルタ地区か、ベータ地区の出だね。このガンマ地区じゃ、物資の不足が緊迫してるんで、簡易移植輸送を普通にやってるんだ。近くにスクラップ屋がねえ。でも、死体をそのまま腐らしちまうのは勿体《もったい》ねえ。そんな時には新鮮なうちに死体の一部を自分の体に移植して運ぶんだ。ジャンク屋でも、大きな血管を繫《つな》ぐ程度の簡易移植の手術はできる。もちろん、筋肉も神経も繫がねえから、ぶらぶらするが、運ぶだけだから関係ねえ。ここいらのやつらは死人が出る度にそうやってスクラップを売りにいく。この間なんか、ごうつくばったやつが、胴体やら太ももやらに死体の手足を七本と首を二つもくっつけて、砂漠に出ていきよったが、途中で貧血にでもなったんだろう。二度と帰ってはこなかったよ」老人は器用に死体の腕を肩の関節を壊さずに切り落とした。「で、どうするんだ？　この死体はもう俺のもんだが、移植して欲しいんなら、ただで返してやるよ。ただ、移植料金は腕と足は二百、首は五百もらうがね」

わたしは少し思案した。首を移植するのは論外だ。脳がない首にはたいした価値はない。手足はマニュピレータとしての需要はあるだろうが、余分なものを体につけてれば、動きが鈍くなる。僅《わず》かな金のために身を危険に晒《さら》す必要はない。

「やめとこう。死体は自由に切り刻んでくれ」

「そうか。まあ、俺はどっちでもいい」老人は首を捻《ひね》った。「あんた、ハンターキラーになったのは最近か？　しばらくハンターキラーをやってれば、あっちこっちで簡易移植にはお目にかかってるはずなのに。しかし、新米に一時に二人やるほどの腕があるとも思えんし……」

「人造馬の世話を早くやってくれ」わたしは老人を急《せ》かした。「いつ倒れても不思議ではないぐらいなんだ」

「そうだな。死体の処理の方は、脳以外はそんなに急ぐ必要もないか」老人は人造馬の様子をみた。「こりゃひでえな。死臭がぷんぷんする。前に手入れをしたのはいつだい？」

「そうだな」わたしは頭の中で計算をした。「かれこれ、ひと月ほどだが」

「できれば、一週間ごとに手入れをしたほうがいい。その方が寿命が長くなってかえって金は節約できるんだ」老人は脇腹の筋肉の隙間から腕を突っ込み、力を入れた。人造馬はぐにゃりと地面に倒れた。老人は隙間に手をかけ、腹を押し開いた。辺りの空気に腐敗臭が満ちた。「おい。この人造馬買ってから、どのくらいたつんだ？」

「まだ、半年ほどだ」

「はっ！　そんなら、もう寿命だよ。手入れしたって、よくもって三日だ。わるいことは言わねえ。こんな馬に金をかけるぐらいなら、新しい馬を買った方がましってもんだ」

「この村で人造馬を売っているのか？」

老人は首を振った。

「じゃあ、仕方がない。町まで行くのにはどっちみち馬がいる。細胞活性剤と防腐剤とブドウ糖を打っておいてくれ。それから、だめになった部分はこの死体の部品と取り替えてほしい」

「その前に腐った部分を取り除かなきゃならん」老人は小振りの頭蓋骨《ずがいこつ》で作ったしゃもじで、人造馬の腹の中から腐肉をかきだし始めた。どろどろと焦げ茶色の半固形状のものが地面に広がる。

「大事な部分を潰さないよう丁寧にな」わたしは慌てて言った。「ＣＰＵは胴体に入ってるんだ」

「えっ？」老人はさらに腹を押し開き、日の光を入れた。「本当だ。しかも三か所に分散しとる。こいつを作ったやつはどうして頭にCPUを入れなかったんだ？」

「そう頼んだからだ。頭は狙われやすい。胴体なら、例え狙われても分厚い筋肉がカバーしてくれるし、分散していれば、一つ潰されても致命的なことにはならない」

「けど、センサーは頭に付いとるわけだから、敏捷《びんしょう》さにかけるんじゃないか？」

「乗り手しだいだ」

　老人は何か言いかけたが、思い直したのか、そのまま作業を続けた。

「細胞活性剤はやめといた方がいいな。防腐剤とブドウ糖だけにしておこう」

「しかし、ミトコンドリアの代わりをする細胞活性剤がなければ、いくらブドウ糖があっても、ATPを作れないじゃないか」わたしは反論した。

「確かにそうだが、細胞活性剤は本当に細胞を蘇《よみがえ》らせるわけじゃない。無理やり死んだ細胞を酷使するだけなんだ。いくら防腐剤をつかっても、死んだ細胞の細胞膜は日に日に劣化していく。細胞活性剤を注入すれば、組織の温度は上昇することになる。細胞はあっというまに崩壊して、どろどろに溶けちまうよ」

「じゃあ、ブドウ糖はなんのためだ？」

「気休めかな。まあ、ブドウ糖不足で動けなくなることだけは心配しなくていいわけだ」老人は冗談のつもりなのか、片眉《かたまゆ》を上げた。「そうそう。細胞活性剤といえば、あんた、『生ける屍《しかばね》』の噂は聞いたことあるかい？」

「いいや。人造馬のことか？」

「馬じゃなくて、人間だ」

わたしは首を振った。「人造人間はありえない話ではないが、意味がない。死体の組織を集めて、人間の形にしても、使い道がない。二本足では不安定だし、上に跨《また》がらずにどうやって制御するんだ？」

「制御は必要ない。そいつは自身の意志で動くんだ」

「CPUには意志はない。単純な反射が残ってるだけだ。いったん脳死になれば、神経細胞は修復不能な損傷を受けてしまう」

「そいつは死んでないんだ。いや。死んではいるんだが、なんというか生きながら、死人になってるんだ」老人は全身腐肉だらけになり、両手を振り回して汁を飛ばしながら言った。「まだ息があるうちに大量の細胞活性剤を脳に注入するんだ。そうすれば、人格を保ったまま『生ける屍』になることができる」

「細胞活性剤は猛毒だ」

「そう。しかし、毒で細胞が死ぬと同時に細胞活性剤が働いて、細胞は生きているかのように活動を始める。生と死の間に境目がないわけだ。本人もいつ死んだのかわからないそうだ。もっとも、それこそ死ぬような苦しみを味わうらしいが」老人は人造馬の脚の長さを合わせるために、骨刀で先をちょんぎった。切り口には焼いた石を押しつける。体液の流出と感染を防ぐためだろう。

「生きている人間に細胞活性剤を使うなんて、拷問の一種としか思えないが？」

「拷問なら、もっと洒落《しゃれ》た方法があるさ」老人は死体から、大きめの筋肉を切り取り、計測を始めた。「『生ける屍』には自分の意志でなるんだ」

「そんな馬鹿なことをしてなんになる？」

「少なくとも半年間は見掛け上生きていられる。死期が近付いた時なら、試してみる価値はあるだろう」老人は人造馬の筋肉のうち、傷みの激しい部分を切除した。

「死を半年引き延ばしてなんになる」

「別の理由も考えられる。見方を変えると、細胞活性剤と防腐剤とブドウ糖があれば、半年間は不死身でいられるわけだ」

「そして、半年後には確実に死ぬわけだ」わたしは乾いた声で笑った。

「半年あれば、いろいろなことができる」老人は新しい筋肉を馬に植え付けていく。

「わしの聞いた話では、ハンターに家族を殺された男が『生ける屍』になったらしい。細胞の寿命が来るまでは滅多なことでは死ぬことはない。そいつは復讐《ふくしゅう》がしたかったのさ」

　北へ三日ほど行ったところにある村で伝染病が流行《はや》っていて、感染したら最後、全身の穴という穴から、出血して死ぬらしい。例のアイソトープ災害があってから、人造馬の十頭に一頭は突然凶暴になる発作を起こすようになった。時には突然主人を食い殺すこともあるらしい。村の外に出て帰ってこないやつの中にはそうやって馬に食われたやつもいる。東の方にある村は食料が底をついて、ついには全滅してしまった。白骨ぐらい残っているだろうと、取りにいったやつがいたが、栄養失調が長く続いていたせいでぼろぼろで売り物にはならなかった。

老人はそれからも気の滅入《めい》るような噂話を続けた。しかし、その間手が留守になっているわけでもなく、機械のような正確な動きで人造馬の手入れをしていく。頭蓋骨のない馬の頭にある三つの目のうち、二つを抉《えぐ》り出す。眼底の腐敗が進んでいたらしい。上半身を馬の腹の中に突っ込み、作業をする。そして、体のあちこちに鑿《のみ》で穴をあけた。

「本当なら、髄まで腐っとる骨は全部取り替えなければならんのだろうが、わしには技術と材料がない。骨に穴をあけておいたから、そこから膿《うみ》が出て少しはましになるじゃろう。それから、目が一つになったせいで距離感がなくなるかもしれん。気をつけて制御してくれ。筋肉の交換は中途半端だ。半分腐りかかった筋肉がかなりあるが、どうしようもない。ＣＰＵの交換も無理だったから、メモリの増設だけしておいた。それから、ちょっとばかり短足になっちまったが、これはスクラップ屋でなんとかしてもらってくれ」

「代金は？」

「全部込みで、千八百単位だ。差引きして二百をあんたに渡すことになる」

「高いなあ。死体を売った分がほとんど残らない」

「わしも商売なんでな」老人は口を大きくあけて笑った。歯はほとんど残っていない。

「ところで、あんたの胸についとるもんだが……」

　わたしは慌てて襟を摑《つか》んだ。

「盗み見する気はさらさらなかったんだが、どうもちらちら見えちまってね。はっきり見せてもらってもいいかな？」

　すでに娼婦《しょうふ》たちに見られている。今さら隠してもしかたがない。わたしはしぶしぶながら、服の前を開いた。

「おお」老人は息を飲んだ。「こりゃあ、見事だ。こんな綺麗《きれい》な死に皮は見たことがねえ。とくに左目の辺りの憂いを含んだ表情がなんともいえない」

「縫い目の所で、引きつっているだけだ」

「どうかな」老人は舌なめずりをした。「それを譲ってくれないか。なんなら、人造馬の修理代金をちゃらにしてもいい」

「これは売り物じゃあない」わたしはそっけなく答えた。

「そうかい」老人は残念そうに言った。「でも、まあ気が変わったらいつでも言ってくれ。高く買わせてもらうから」

「悪いが、今すぐこの村から出ていくつもりなんだ」わたしは人造馬を引き起こし、荷車をくくり付けた。「残りの二百単位で、防腐剤とブドウ糖を買いたい。多めに用意してくれ。それと念のために細胞活性剤もだ」

「ついでに、食料もどうかね？　人造馬には消化器はねえが、あんたには胃袋があるだろう」

「結構だ」そう言ってから、わたしは慌てて付け加えた。「袋の中にソイレントグリーンがまだたくさん残っているんだ」

村を出発すると、すぐに日が暮れてしまった。ちょうど、新月に当たっており、一時間ほどで荒野は完全な闇に包まれた。しかし、松明《たいまつ》を使うわけにはいかない。ハンターどもにこっちの居場所を教えるようなものだ。わたしは人造馬を立ち止まらせると、腹の下で横になった。人造馬はわたしの微妙な動作でしか動かない。腹の下は比較的安全な場所だった。

その夜は珍しく夢を見た。夢の中には一組の男女が現れた。互いにぴったりと寄り添い、深く愛し合っていることがわかる。わたしはどこか地表から離れたところで、幸せな気持ちで二人を見つめている。男は逞《たくま》しい体つきをしており、慈愛に満ちた表情で女を見つめていた。まだあどけなさを残す小柄な女は男を信頼しきっている様子でもたれ掛かっている。なんと微笑ましい恋人たちだろう、と思った瞬間、彼らが昔のわたしたちだということに気が付いた。二人を見つめているもう一人のわたしの目からはとめどもなく、涙が溢《あふ》れる。

女はうっとりと頭を男の胸にもたれさせ、高く澄んだ声で恋の歌を歌い始めた。美しい声。現実の世界ではその声は永遠に失われてしまっている。

鈍い音が響いた。

夢は乱暴に打ち切られた。現実の辛《つら》さに、わたしの喉《のど》から、呻《うめ》き声が漏れた。

空気がおかしい。

わたしは星明かりで周囲を窺《うかが》った。人造馬が倒れている。脇腹に何か太い杭《くい》のようなものが付き刺さっている。

わたしは腹這《はらば》いになった。二、三十メートル先に人影が二つ見える。

どうやら弩《いしゆみ》で人造馬を撃ったようだ。こっちの出方を窺っているのだろう。さて、どうする？　馬は使い物にならないだろう。弩を持っている相手を背にして走って逃げるのは自殺行為だ。かといって、正面から戦いを挑んでも二人相手では勝ち目はない。このまま、倒れているしか道はないようだった。そのうち、相手も痺《しび》れを切らして、近付いてくるはずだ。その時を逃さず、確実に相手を倒さなくてはならない。一対一に持ち込めば勝算はある。

突然、周りが明るくなった。わたしは目が眩《くら》んでしまった。殺気を感じてごろごろと転がり、顔を上げる。もう一人の人物が突然近くに現れた。人造馬の陰に隠れて近付いてきたらしい。急に松明を点火し、わたしを攪乱《かくらん》する作戦なのだ。

わたしは骨刀を摑むと、立ち上がろうとした。同時にその男は重い石のハンマーをわたしの頭に振り下ろした。

「見ろ。こいつだぜ」ハンマーを持つまだ少年のような若い男が言った。「今日の昼、兄貴たちを殺《や》ったやつだ」

「どれどれ」年嵩《としかさ》の男が顔を覗《のぞ》き込む。「ふむ。見掛けん顔だな。確かにこいつだったのか？」

「間違いねえぜ」もう一人の中年の男が答える。「俺たちの目の前で、あっと言う間に二人を殺りやがった。ちっ。そうとわかってりゃ、一撃で頭を叩《たた》き潰《つぶ》したりせずに、いたぶり殺してやったのによお。……おい。二人の死体は荷車に乗ってないか？」

「荷車は空だ」若い男が答えた。「もう売っぱらっちまったようだ」

「じゃあ、金を持ってるんじゃねえか？　探ってみろ」

「よしきた」中年の男が言った。「ん？　なんだこりゃ？　松明をもっと近付けてくれ」

「なんだよ、こいつ!!」若い男は叫んだ。「胸に女の顔を移植してやがる!!　いったい、どういうつもりなんだよ?!」

「たいしたこっちゃねえ」年嵩の男は革袋から酒を一口飲み、手の甲で口を拭《ぬぐ》った。「こいつは下種《げす》野郎だったってことだ。昔、俺の相棒にもそんなやつがいた。女を殺すたびに股《また》を抉り取って、自分の体に移植させるんだ。全部で二十個以上もあったな。尻《しり》や腹や太腿《ふともも》や顔にまで女の……」

「そいつに比べりゃ、同じ下種野郎でもこいつの方がちょっとはましかな。しかし、自分が殺した女の顔と四六時中一緒ってのもぞっとしねえな」中年の男は汚物を見るような目付きで、唾《つば》を吐いた。

「そんな顔をするな。見てみろ。こんな綺麗な顔はめったにねえぞ。無傷のままなら、高く売れるかもしれん」

「そうかな？　暗いから、美人に見えてるだけなんじゃねえか？　昔からよく言うじゃねえか。『夜目遠目笠《かさ》の内』ってな」若い男は言った。「それより、人造馬の方が金になるに決まってるぜ。なにしろ、死体十人分の材料でできてるんだからな」

「それもそうだ」

三人のハンターは倒れたまま、ぴくぴくと痙攣《けいれん》している人造馬を取り囲んだ。

年嵩の男が脚を摑んだ。「酷《ひで》えな。先端を切断してやがる。しかも、切り口を焼き潰してる。素人がやったか、よっぽど腕の悪いジャンク屋の仕事だな」

若い男は松明で馬の頭を照らした。「目も三つのうち、二つ潰れてるぜ。こりゃ、不良品かもしれない」

「くそっ！」年嵩の男がいまいましげに言った。

「どうした？」中年の男が尋ねた。

「この馬、なんだかべとべとすると思ったら、腐ってやがるんだ」年嵩の男はズボンに手を擦《こす》りつけた。「防腐剤をけちったか、よっぽど古いかだ。どっちにしてもろくなもんじゃねえ。ハンターキラーかなんか知らんが、下種なことはあるぜ」

「くたびれ儲《もう》けってわけかい？」若い男は溜《た》め息をついた。「だが、まあいいだろう。兄貴たちのかたきが討てたわけだし、ひょっとしたらあの女の顔が結構高値で売れるかもしれねえし」

「そうだな。馬はここにうっちゃって、傷まねえうちにあいつの死体を運んだ方が……」中年の男は言葉を切った。「あれ？……おかしいな。……なんだか……体が……」中年の男はそのまま、がっくりと膝《ひざ》をついた。首の後ろに骨刀が刺さっている。脊髄《せきずい》を傷つけられて、首から下が麻痺《まひ》したようだ。

わたしは中年男からゆっくりと骨刀を引き抜いた。男はどうと後ろ向きに倒れた。いきなり頭を潰されたのは不幸中の幸いだった。そのおかげでハンターたちはすっかり油断して、わたしから目を離したのだ。三人とまともにやりあっては、勝てる見込みはなかったが、一人は始末した。あと一人なんとかすれば、一対一に持ち込める。

「おい！　なんだよ。どうなっちまったんだよ」中年の男の目はきょろきょろと落ち着きなく、動き続けている。「体が動かねえんだ。手を貸してくれよ」

わたしは無視した。息の根を止めるのはたやすいが、今その余裕はない。

残り二人の男は呆然《ぼうぜん》と、わたしを見つめている。

わたしはふらつく体でなんとか、若い男に近付いた。目を見開いてわたしを見つめている。何か合理的な説明を考えようとして必死になっているらしく、防衛や逃走には頭が回らない様子だ。それでも、わたしが骨刀を振り上げると、さすがに手で顔を庇《かば》おうとした。全く手遅れだった。わたしは彼の両眼と鼻筋を切った。

ぎゃあああああ!!　若い男は松明を投げ捨て、風の中の木の葉のようにばたんばたんと転げ回った。

「どうした？　何があったんだ！」中年男が夜空に向かって問うた。

あと一人。年嵩の男はわたしの顔と胸《む》を交互になんども見ている。ハンターたちに上半身裸にされて、女の白い顔が剝き出しになってしまっている。わたしの呼吸に合わせて、顔が上下する。

わたしはよろけながらも、大股で数歩踏み出し、年嵩の男に切り付けた。

男の目が一瞬鋭い光を取り戻した。懐から骨刀が跳ね上がり、男の手をしっかりと握りしめた。

仕込みだ。

わたしは態勢を崩したまま、切り込む。男の骨刀に弾《はじ》かれる。全身に衝撃が走る。頭がくらくらし、目が霞《かす》む。出血が多過ぎた。

「おい。なんとか言ってくれ。どうやら、切られちまったみたいなんだ。傷の具合を見てくれないか」

うわああああああ!! 目が! 俺の目がああああ!!

「うるせえ! おまえらちょっとは静かにしろ!」

落ちた松明《たいまつ》の火がゆらゆらと揺れ、わたしを睨《にら》みつける男の顔を不気味に照らしだす。

「なるほど。そういうわけかい。『生ける屍《しかばね》』が単なる噂じゃなかったとはな。しかし、たねがわかっちまえば、もう怖くもなんともねえ」

「『生ける屍』だって? あの男がそうだってえのか?」中年男が尋ねる。

「たとえ、『生ける屍』だろうが、首を切り落とされちゃあ、どうにもならねえはずだ。それに頭を潰されたことはかなりダメージになってるようだな。違うかな？」

「おまえがそう思うのなら、試してみたらどうだ？」わたしは息も絶え絶えに答えた。

痛ええええ!!　痛ええええ!!　目が！　目が！

「そうだ。賭《かけ》をしてみねえか？」年嵩の男は落ち着いた口調で言った。「運試しだ。十秒間だけ待ってやる。その間に逃げられるところまで、逃げてみろ。俺はあとから追っかける。運さえあれば、逃げ切れるぞ」

「その手は食わない」わたしは骨刀を杖《つえ》にして体を支えた。「この辺りのどこかに弩《いしゆみ》が置いてあるはずだ。逃げている間にゆっくりセットして、背中を狙い撃ちにする気だろう。こうして、睨み合っている限りは弩をセットする余裕はないからな」

男は大声で笑った。「よく頭の回るやつだ。今まで生き延びてきただけのことはある。だが、それも今夜限りだぜ」

わたしと男は睨み合ったまま動かない。

なんとかしてくれ!!　助けてくれ！　何にも見えなくなっちまった。それに鼻血が止まらねえ。息ができなくなってきた。早く手当てしてくれ。

若い男は転げ回りながら、走り、叫び続けている。

「おまえも切られたのか?!　なあ、おれがどうなってるか、教えてくれないか。体の感覚が全然ないんだ」中年男が呼び掛ける。「おい。おやじはどうした？　まだ近くにいる……うっ！　ぐぐぐぐ」

若い男は激しく中年男の腹を踏み付けた。血とともに大量の吐《と》瀉物《しゃぶつ》が吹き上がった。若い男はそのまま脚を滑らせて倒れたが、また立ち上がって走りだす。顔面が血塗《ちまみ》れだ。

中年男は体を動かすことができないため、自分の吐瀉物で溺《おぼ》れた。野獣のような苦しみの声が闇を劈《つんざ》く。

わたしは一瞬、その声に気をとられてしまった。年嵩《としかさ》の男は凄《すさ》まじい速さで、わたしの懐に飛び込んできた。わたしは自分の骨刀で一撃を受けとめようとしたが、叩き落とされてしまった。わたしの骨刀は古くなっていて、手を握り返してくれない。そのうえ、手は頭から流れ出る血で濡《ぬ》れているし、握力も弱っている。悪い条件が重なり過ぎていた。

わたしはそのまま地面に倒れ込むと、骨刀を摑《つか》み、体を転がした。相手の間合いから脱出しようとしたのだ。だが、体を半分起こしかけた時、切っ先が目前に迫った。わたしは均衡を崩し、尻餅《しりもち》をつく形になってしまった。骨刀は手に握られているが、持ち上げる余裕はない。

「三人を相手によく頑張ったな。だが、ここまでだ」年嵩の男はほとんど息も切らしていない。かなり戦いなれているようだ。

「あっちで倒れているやつをほっておいていいのか？　窒息しているようだぞ。それに若いやつも痛みでおかしくなって、どこかに行っちまうぞ」

「俺の気を散らそうとしても無駄だ。あいつらが死んでも損傷が酷《ひど》くなければ、スクラップ屋に売れる。なんの問題もない」男は骨刀を大きく横に振り上げた。「あばよ」

女の笑う声がした。澄んだ声ではない。まるで、死んだ女が笑っているかのように濁った不快な声だった。よく切れない刃物で何か堅いものを切る時のような神経に触る音だった。

男の視線はわたしの胸に注がれた。真っ赤な目を見開き、けたたましく笑い続けるわたしの右乳の下の白い女の顔に。

男に一瞬の隙ができた。それは一秒の何分の一かのことだった。しかし、それで充分だった。わたしは行動を開始していた。男は慌てて、骨刀を振り下ろした。わたしの体が動いていたため、狙いははずれ、首ではなく、耳の上辺りに食い込んだ。頭蓋《ずがい》骨《こつ》が砕ける音がした。

わたしの骨刀は男の腹に深々と突き刺さっていた。

「馬鹿な」男は自分で骨刀を引き抜き、大の字の形に倒れた。「女の顔にまで、神経を繋《つな》いでやがったのか。なんてやろうだ」

「いいえ。違うわ」わたしは、夥《おびただ》しい血を吹き出す傷口を押さえながら激しく呼吸をする男に、本当の口で答えてやった。「わたしは男の体に神経を繋いだのよ」

「あの男がわたしを『生ける屍』だと思い込んでくれたのは幸いだったわ。首を刎《は》ねることに執着してくれたからこそ、反撃の機会があった。胸や腹を突かれていたら、避けようがなかったもの」わたしはジャンク屋の手当てを受けながら、手伝いに駆けつけてくれた威勢のいい年増女《としま》に説明した。

「じゃあ、あんたの頭——男の頭には脳は入ってなかったんだね」

「あなたが聞いたハンターたちになぶり殺しにされたハンターキラーというのはおそらく彼のことだと思うわ。彼は旅のハンターキラーだった。彼を一目見た時から、わたしはすっかり恋に陥ってしまったの。でも、わたしの家族も、町の人たちも、そして、彼自身もわたしの恋心を喜ばなかったの。わたしはまだその時、その仕事がどんなに危険なものだったかを理解していなかった。わたしは彼に、町にとどまってわたしと結婚するか、さもなければ一緒に旅をさせてくれと、毎日のように懇願したわ。

ある日、彼はわたしに自分の身の上を打ち明けてくれた。『自分は、子供のころ家族がハンターに皆殺しにされたことで、ハンターキラーになることを決意した。だから、自分はハンターキラーをやめるつもりはない。しかし、君にはハンターたちと戦う理由も力もない。早く自分のことは忘れてくれ』って。

それでも、わたしは諦《あきら》めなかった。毎日のように、彼が寝泊まりしている町外れの廃屋に通ったの。もちろん、彼は中にいれてはくれなかったけどね。わたしは彼の気を引きたくて、派手な格好ばかりしていた。それがあいつらの目に止まったのよ。わたしを彼の恋人だと思って、わたしを拉致《らち》して、彼をおびきよせたわ。

あいつらはとても卑怯《ひきよう》な真似をした。彼の目の前でわたしの体を傷つけた。あの時、彼はわたしを守ることで精一杯で自分の身を守ることができなかった」わたしは涙を拭《ぬぐ》った。「あの時も彼は頭を潰《つぶ》されたわ。さんざんいたぶられた揚げ句によ。あいつらはわたしと彼を交互に拷問にかけ、その様子を互いに見せつけた。そして、最後には彼を殺し、わたしも殺した……と思い込んだの。あいつらは二人を荒野に置き去りにしていった。すぐに町の人たちがかけつけて、スクラップ屋につれていってくれたわ。

意識を取り戻した時、わたしの体には無数の管が突っ込まれていた。管のもう一方の端には彼の体が繋がれていた。彼の体がわたしの生命維持装置になっていたのよ。わたしはすぐに動こうともがいた。すると、そこにいたスクラップ屋が言ったの。『あんたの体のほとんどの部分は駄目になってしまっている。すでに心臓は止まっているし、このままでは一時間と持たないだろう。幸いにも、彼は頭を叩《たた》き潰されてしまっているが、体はほとんど無傷だ。彼の体から必要な臓器を移植すれば、あんたは生き延びられるだろう。ただし、女ではいられなくなるかもしれないが、構わないだろうか』と。

わたしは答えたわ。『彼が死んでしまっては、女でいてもしかたがない。いっそ男になったほうがいい。ただ、無傷な彼の体を切り刻むのは忍びない。だから、彼の体はそのままにして、わたしの顔と脳を彼の胸に移植して、そうすれば一生彼に抱かれ続けていられるから』って」

「こんなことは今まで聞いたこともない」老いたジャンク屋は言った。「あんたの神経をこの男の体中に移植したのかい？」

「その必要はなかったわ、彼の神経はほとんど無事だったの。ただ、脊髄《せきずい》への接続は難しかったようよ。一部上下を入れ替えたりとか、かなり大きな改造をしたわ。それから、普段は彼の口と声帯を使っているから、それほど必要はないんだけど、一応わたしの口からも声を出せるようにしてくれた。筋肉を細かく振動させて、声帯を共鳴させるの。随分、耳障りでしょ。信じられないかもしれないけれど、わたしは歌だけはうまくて、歌を歌っている時だけは彼も恋人のようにわたしを抱き締めてくれたわ。彼の体と引き換えにわたしの本当の声は失われてしまったけれども」

「ほんの数か月でどうやって、そんなに自由自在にハンターキラーの体を操れるようになったんだい？」娼婦《しょうふ》はわたしの唇の血を拭《ふ》きながら、尋ねた。

「彼の脳の一部をわたしの脳の下部に移植したから、彼の体を操るのに慣れるまではさほど時間はかからなかったわ。彼の人格は消えてしまっていたけれど、体を動かす反射は残っていたのよ。それに胴体に脳があるのは少し有利なの。手足までの距離が短いから、素早く反応できるわ」わたしは起き上がって、服を身につけた。「でも、こんなに早く体を使いこなせるようになったのは、ハンターたちを皆殺しにしたいという執着心のおかげだと思う」

「あの五人はこの辺りをねぐらにしていた一家だったんだ。これでこの界隈《かいわい》は平和になったよ」

「いいえ。他のハンターたちがすぐ目をつける。あいつらが来ないよう祈っているだけでは駄目。こちらから、倒しにいかなくては」わたしはジャンク屋の方を向いた。

「人造馬はどんな具合？」

「脇腹は酷くやられていたが、三人分の材料があったから、かなり修理はできた。ただ、元がかなり傷んでるから、やっぱりもって一週間だな。それから、あんたの頭の方だが、わしの移植の腕前はいい加減だから、どこかの腕のいいスクラップ屋にでも、頭蓋骨の接合の具合をみて貰《もら》った方がいいぞ」

「ありがとう。あなたの腕前はたいしたものよ。スクラップ屋を名乗ってもいいくらい」

「いいや。ジャンク屋で充分だ。ここだけの話、移植の失敗で何人かやっちまってるんでね」

わたしは人造馬に跨《また》がった。

「また、ここに寄ってくれる?」娼婦が尋ねる。

「わからない」わたしはそっけなく答える。これ以上、ここにいると情が移ってしまいそうな気がして、人造馬を急《せ》かす。

「あんたたち、わたしの知ってる中で一番素敵なカップルだよ」

わたしは娼婦の言葉に振り返らずに進んだ。そのまま、村の出口を抜け、朝日に照らされた荒野に出ていく。

「それに、今のあんたの声もすてたもんじゃないよ」娼婦は最後にそう叫んだ。

人造馬の進みはゆっくりのように見えて案外速い。十分もたつと村は消え去り、周りには荒野だけが広がる。

わたしは娼婦が最後に言った冗談のことを考えた。そして、ひょっとすると、冗談ではなかったのかもしれないと考えた。自分でもおかしいとは思うのだが、だんだんと彼女が本気だったのではと思えてくる。冗談を本気にとって、悪いわけでもあるまい。どうせ、ここは無人の荒野だ。誰にも迷惑をかけることはない。

わたしの胸の白い顔の朱《あか》い唇からあの日々の歌が荒野に響き渡る。

妻への三通の告白

1

綾、これはおまえへのラヴレターだ。

こんな書き出しを読んだら、おまえは大笑いするだろうね。わたしだって、この年になって、こんなものを書く気になった自分自身に驚いている。それどころか、本気でこの手紙をおまえに渡す気なのかどうかも確証が持てないでいる。

もっとも、今おまえがこれを読んでいるとしたら、どうにかこうにか、わたしにも決心がついたということになる。綾、その時、おそらく恥ずかしさのあまり小さくなっているであろうわたしを、どうか温かい目で見てやっておくれ。

わたしたちが結婚してから何十年たったんだろうか？　二人ともすっかりくたびれた爺《じい》さん婆さんになってしまったが、わたしはずっと若い頃と同じような気持ちでおまえと接してきた。これは嘘でもなんでもない。わたしのような世代の人間にとって、こんなことを言うのはとても勇気の要ることだが……。

綾、わたしはおまえを愛している。

これが最初で最後だ。これ以上勘弁しておくれ。おまえだって、わたしの気持ちが変わらないことは、ずっとわかっていたはずだろう。

とにかく、わたしのおまえへの気持ちは若い頃のままだということだ。いや。おまえが今のように寝たきりになってしまってからは、余計に強くなったような気さえする。おまえはわたしに世話をされることをいつもすまながっているが、それは反対なんだよ。わたしはおまえの世話ができることをとても幸せに思っているんだ。できれば、わたしのほうがおまえの世話を受けたかったんだが、それは贅沢《ぜいたく》というものだろう。わたしはおまえの世話をすることによって、いつもおまえを身近に感じ続けることができるし、それが生きる原動力になっている。おまえが気に病む必要は全然ないんだよ。

そろそろ、おまえも気になっているだろうね。どうして、突然わたしがおまえにこんな手紙を出したのか。

ここ何カ月か前から、おまえの調子がいい時に、わたしがちょくちょく外出していることには気づいているね。わたしは病院に通っているんだよ。癌だそうだ。

驚いたかい？　こんなことをおまえに言ってもいいのか、とわたしもずいぶん悩んだが、ことが差し迫ってから急に知るよりは、今のうちに知ってもらったほうがいいと思ったんだよ。

もちろん、今、おまえがこの手紙を読んでいるとしたらの話だけどね。

この手紙を書いている今の段階では、結局この手紙をおまえに渡すことができない可能性もある。じゃあ、わたしはなんのために書いているんだろう？　これは自分自身への手紙なんだろうか？

それでもかまわない。人生の最期が近づいてきて、初めて自分というものを客観的に見ることができるようになってきた。思い返してみると、昔の自分というのは自分自身であるにもかかわらず、理解しがたいところがある。その時の状況や自分の言動は覚えていても、どうしてそんなことを言ったりしたりしたのか、とんと合点がいかない。そんな思い出がいっぱいある。きっと、人間というものは日々変化していって、何十年もたつとすっかり違う人間になってしまうんだろうね。

そう言えば、人間の体の細胞は七年かそこらで全部入れ替わってしまうという話を聞いたことがある。いや。物質的なことだけじゃない。脳細胞同士をつなぐシナプスも使われなくなったものは次々と消えていくという。まだ、柔らかく何もかもスポンジのように吸収できたあの若い頃の自分と、疲れ果てて古ぼけて記憶も感情も言葉すら徐々に薄れて消えていくばかりの今の自分が同一人物だなんて、とても思えないじゃないか。

だから、わたしは過去の自分たちを別々の自分だと考えることにした。それぞれの時代に住む別々の自分。記憶はそれら無数の別人たちを結ぶ通信回線のようなものだ。ただ、双方向にではなく、過去から未来への一方通行だがね。

わたしは自分の記憶の中を探ることで、別の自分に出会うことができる。つまり、わたしの中には何人もの別の自分が今も同居しているんだ。人のいいやつ。馬鹿なやつ。頭のいいやつ。抜け目のないやつ。生意気なやつ。気の小さいやつ。弱いやつ。強いやつ。幸せなやつ。不幸なやつ。……

何が言いたいかというと、そんな無数の自分たちのほとんどはおおむね幸せだったということだ。そして、そのほとんどはおまえと出会った後のわたしだ。おまえのお陰でわたしの人生は実りの多いものになった。わたしと、大勢のわたしたちから感謝の言葉を贈る。

ありがとう。

実はおまえに手紙を書いたのはこれが最初じゃないんだ。以前にも何通か書いたことがあるらしい。「らしい」といった曖昧《あいまい》な書き方をしたのは、自分でもすっかり忘れてしまっていたからだ。

この手紙を入れる封筒を探すために書斎を探っていたら、おまえ宛ての封筒が二通見つかった。中には手紙が入っているようだが、封は開いていない。差出人の名前はわたしになっている。切手や消印もないところをみると、直接手渡すつもりだったようだが、踏ん切りがつかなかったのか、忘れてしまったのか、そのまま出さずに置いてあったものだろう。封筒やインクの変色具合から見て、ここ十年やそこらに書かれたものでないことは明らかだったし、わたしがすっかり忘れていることもかなり以前のものだということを裏づけている。

いったい何が書いてあるのかとても気になったが、わたしは開けずに元の場所に戻しておくことにした。それらの手紙はわたしが書いたものであって、もはやわたしの書いたものではなくなっていたのだ。過去の自分がおまえに宛てたものを現在のわたしが勝手に読むことなど許されない。それはきっと個人的なものだろうから。

いっそのこと、この手紙と一緒におまえに渡してしまおうかとも思ったが（この手紙ですら、おまえに手渡せるかどうかは怪しいが）、差出人であったわたしは同じ時代のおまえに向けて手紙を書いたはずで、何十年後かのおまえに向けて、手紙を書いたのではないということに思い至って、やめておくことにした。

もっとも、おまえがその手紙をどうしても読みたいと言うのなら、わたしには止めることなんかできない。おまえがそう望むのなら、言ってくれ。わたしはその二通の手紙をおまえに手渡そう。ただ、できることなら、あの手紙たちはそっとしておいて欲しい。若い頃のわたしたちを時の彼方《かなた》で暖かく、見守っていて欲しいんだ。なにしろ、彼らにはまだ未来がある。

少し感情的になりすぎたようだ。話が脱線してしまった。おまえに伝えたいことがあるのは確かなんだが、文章にするとどうもうまくいかない。自分の思いをうまく言葉にできない。

癌のことだが、そんなに心配しなくてもいい。すでに初期とは言えない段階にはなっているが、幸か不幸かわたしの体の老衰が進んでいるため、進行はごくゆっくりしたものだそうだ。もちろん、これから何年生きられるかも定かじゃないが、無理な手術や、放射線や化学療法はとらないことにした。わたしの希望を聞いて、医者も同意してくれた。

いろいろと治療を施せば、わたしの寿命は何年か延びるかもしれない。しかし、それには多少なりとも苦痛を伴うだろう。もし、わたしが若かったら、貴重な人生を失わないために、苦痛と引き換えに治療を望んだだろうが、今のわたしには治療に価値を見いだすことはできない。

人生の最期を安楽な五年間にするか、苦痛に満ちた十年間にするか。答えは明らかだった。

もちろん、気掛かりもあった。わたしが死んだ後のことだ。おまえをこの家の中に一人置いておくわけにはいかない。だが、その問題も解決した。磯野《いその》が約束してくれたんだ。わたしの病状が進んでいよいよ入院となった時には、おまえも入院させてくれることになっている。できれば、同じ病室に入れてもらいたいところだが、そこまでわがままも言えないだろうな。死に目に立ち会ってもらえないのは少し寂しいが、仕方がないだろう。

磯野の名前が出てきて、きっと驚いているだろうね。昔、喧嘩《けんか》別れしてしまってから、何十年も会ってなかったんだからね。あいつに出会ったのは本当に偶然だったんだよ。

癌の告知を受けた後、病院の待合室でしばらく考え込んでいた。その時、あいつがわたしの肩を叩《たた》いたんだ。

「おい。野原じゃないか」磯野は気まずさとも、戸惑いともとれる微妙な表情を見せた。

わたしはといえば、しばらくあいつが誰ともわからず、ただ呆然《ぼうぜん》と黙ったままあいつの顔を眺めていた。年月が人相に刻む変化の跡は地形へのそれの比じゃない。あんまり長い間、わたしに反応がなかったので、磯野はわたしが老人性の痴呆症《ちほうしょう》にかかっているのではないかと心配になったそうだ。

それでも、あいつの顔にはどこかわたしの潜在意識をくすぐるものがあった。眩暈《めまい》のような感覚と共に「磯野」という名前が浮かんできた。

「そうだよ。やっと思い出してくれたか」磯野が言った。

どうやら、わたしは無意識のうちに「磯野」という名前を口に出して言ってしまったらしい。

「磯野?」わたしはもう一度口に出した。すると、ようやくわたしの錆《さ》びついた神経細胞たちの古びた回路が反応を始めた。磯野に関するいろいろなことが次々と脳裏に浮かび上がってきた。

そうだ。こいつは磯野だ。古い友人だ。昔はずいぶん仲がよかった。毎日のようにこいつと呑《の》みにいったっけ。そう。綾と三人でだ。

「懐かしいな」わたしは癌の宣告を受けた直後にもかかわらず、顔を綻《ほころ》ばせることができた。「何年ぶりだろう?」

「元号も変わってしまったから、俺の老いぼれた頭では計算もおぼつかないが、とにかく長い年月だ。俺たちの人生の半分以上が喧嘩別れしてから過ぎ去ったんだよ」

「喧嘩だって?」わたしは言った。

「そうだ。俺たちは喧嘩別れしてしまったんだ」

磯野にそう言われて、わたしも喧嘩のことを思い出した。ずいぶん、派手に言い争いをしたことも覚えている。もっとも、喧嘩の原因は今となってはもう思い出せない。若い頃は血気盛んで、些細《ささい》なことでむきになってしまうものだ。

「まさか、まだ怒ってるんじゃないだろうな」わたしはおそるおそる尋ねた。「若気の至りだ。気がすまないと言うなら……」

「おいおい」磯野は笑い出した。「いくらなんでも、何十年も怒りが収まらないはずがないじゃないか。それに、どちらかと言えば、あの時怒ってたのは俺じゃなくて、おまえのほうだったぞ」

「そうだったかな？　人の記憶てのは曖昧なもんだな」わたしも笑い返した。

「ところで」磯野は咳払《せきばら》いをした。「あの……彼女はどうしてる？」

「彼女？　誰のことだよ？」

「とぼけてるのか？」

「ああ。綾のことか」

「そうだ。綾さんだよ」なぜか磯野の顔に戸惑いの表情があらわれた。「その、彼女は元気かな？」

「ああ。元気なことは元気なんだが、一人では動けないんだ。俺がずっと介抱してやってるんだ。ええと、綾が寝たきりになったことは知ってたかな？」

「いいや」磯野は慌てて答えた。「今、初めて知ったよ。そうかい。綾さんが寝たきりになってしまったのか。おまえも大変だな」

「まあ。慣れてしまえばなんてことはないんだが……」わたしは言葉を濁した。

「どうした？　何か気掛かりなことでもあるのか？」

わたしは磯野に自分の病気のことを説明した。そして、わたしに何かあった時、綾のことが心配だということを伝えた。

磯野はしばらく腕組みをして考えていたが、やがて言った。「わかった。おまえに万が一のことがあった時には、綾さんのことは俺にまかせろ」

「しかし、そんなことを他人のおまえに頼んでいいものだろうか？」

「他人だなんて言うなよ。俺たちは友達じゃないか」

そうだ。わたしたちは親友だった。一時の気の迷いで仲違《なかたが》いしてしまったが、心底憎み合ったわけではない。本来、二人は一生涯の親友でいなければならなかったはずだ。わたしは不覚にもその場で泣いてしまったよ。自分がなんて馬鹿な取り返しのつかないことをしたのかを理解したんだ。

「おいおい。いい年をして、子供みたいに泣くなよ」

「すまない。本当にすまない」わたしは掌《てのひら》で顔を押さえた。「本当のことを言うと、途方に暮れていたんだ。親戚《しんせき》といっても、一度も顔を見たことのない従兄弟《いとこ》の子供たちがいるばかりで、綾のことを頼みにいける筋合いじゃなかった。かといって、施設にも入れられない。まったくばかばかしいことだが、前に一度入所を拒否されたことがあってな」

「もう心配はないぞ。大船に乗った気でいろ。俺と女房できっと、綾さんを守って見せるさ」

わたしは死など怖くない。唯一不安だった、おまえのことも磯野に託すことができた。もう気に病むことはなにもない。

いや。心残りもないことはない。わたしたちにはとうとう子供ができなかった。どちらかに原因があったのかもしれなかったが、なんとなく二人とも検査をしようとは言い出さないまま、子供に縁がない年齢になってしまっていた。思うに、お互い遠慮があったんだろうね。もし、相手に原因があったらどうしようと。そして、子供なんかいなくたって、二人で幸せに暮らせれば、それでいいじゃないかと自分を慰めていた。

しかし、本当のことを言うと、わたしはほんのちょっぴり後悔している。二人で病院にいけば、ひょっとしたらなんとかなっていたんじゃないかとも考えることもある。

まあ、いまさらせんないことだがね。
これでよかったのかもしれないな。

今、ふと思い出したことがある。馬鹿な考えが浮かんできた。不愉快なイメージが頭に張りついて消えない。いったい、いつどこで見たのかさえ、思い出すことはできない。できれば、ただの妄想であって欲しい。しかし、わたしの直感はそれが現実であったことを告げている。

ああ、わたしはもはや磯野を完全に信じ切ることはできなくなってしまった。おまえに聞けばいいのだろうか？　いや。おまえが真実を語ってくれるという保証はない。

今、凄《すさ》まじい不安がわたしを包み込んでいる。嫉妬《しっと》の炎が胸を焦がす。嫉妬だと？　この老いぼれが寝たきりのおまえに嫉妬を？　冷静に考えればこんな馬鹿なことはない。あのわたしと同じ年寄りの磯野がわたしの死んだ後、おまえをどうにかするなんてことはあるはずがない。だが、わたしはどうしてもあの光景を脳裏から振り払うことができないのだ。

磯野がおまえを口説く光景を。

同じ家に住んでいるのに、手紙なんか書くのはおかしいと思うかもしれないけど、ちゃんと読んで欲しい。直接言わずに手紙にしたのには理由がある。面と向かっては気が高ぶって、思っていることが正しく伝えられないことは目に見えているからだ。

君にもおおよそは見当がついているだろうが、この手紙で僕は磯野について書こうとしている。あいつと僕の間で最近あったことを全部書くつもりだ。だから、当然君が知っていることも出てくるけど、僕はいっさい省略しないことにした。そのほうが話の流れが摑《つか》めて、僕の言いたいことが伝えやすいからだ。それに、僕自身の印象が間違っていないかどうかを君にチェックしてもらうこともできる。

2

僕たちが結婚する前、磯野が君にアタックしていたことは知っていた。だが、僕はそんなことには拘《こだわ》っていない。独身者が独身者を口説くのは自由だし、過去に遡《さかのぼ》って自分の配偶者へ思いを寄せたことを問いただすのはナンセンスだ、ということぐらいはわかっていた。だから、君が磯野にどんな答えをしたかということも気にしていない。現にこうして君は僕の妻になっているのだから、何も問題はない。磯野だって、その点は弁《わきま》えていたはずだ。

　ところが、最近あいつの様子がどことなく、おかしくなってきたんだ。あれは半年ぐらい前だった。

「おい、野原、今度の日曜日にでも、俺のうちに遊びに来ないか？」磯野はごく自然な調子で僕に言った。

「俺は別に構わないんだが」僕はちょっと躊躇《ちゅうちょ》した。「綾が何て言うかな？」

「綾だって？　どうして、綾のことなんか気にするんだ？　大丈夫に決まってるじゃないか」

　僕は磯野のものの言い様に少しむっとしてしまった。たしかに、僕たち三人は友達だったし、そういう意味では三人の関係は互いに対等だった。だから、僕も磯野も同じように君を「綾」と呼び捨てにしていた。しかし、今では君はすでに僕の妻だ。「奥さん」とか、「かみさん」とか、せめて「綾さん」と「さん」付けするのが礼儀と言うものだろう。それをわざわざ夫である僕を目の前にして、磯野は君を呼び捨てにした。何か意図があって言ったのか、それこそ無意識のままに言ってしまったのか。どちらにしても、面白くなかった。

　ただ、僕にしても無闇に友達と喧嘩《けんか》はしたくなかったから、その場は無言でやりすごすことにした。今から思うと、あの時はっきりと言っておくべきだった。

最初、僕だけで行くつもりだったのに、いつのまにか君もくっついてきた。いや。君にはなんの悪気もなかったのはわかっている。ただ、僕と一緒に君が来たことで、磯野に微妙な変化が起きたことは確かだと思う。たしかに、あの日の磯野の言動は多少酔っていたとはいえ、不可解かつ不愉快なものだった。

僕の目の前で君にべたべたと接し始めた時には僕も開いた口が塞《ふさ》がらなかった。思えば、あの時磯野はすでに普通の神経ではなくなっていたのだろう。僕は磯野に馬鹿な冗談はやめろと軽く諭してみたが、あいつはなんのことだかわからないといったふうにきょとんとして、なおも君にまとわりついた。

当然、君も表情や身振りで迷惑だという意思表示はしていたが、知り合いでもあることだし、やめろとはっきり言ったり、露骨に逃げ出したりはできなかった。こともあろうに、磯野はそれを許諾のサインだととったらしい。まったく理解できない反応だった。何かがあいつの精神を破壊してしまったのか、あるいはあれが磯野の本性で今までそれを隠していただけだったのか。

とにかく、磯野が君の耳にキスをした時、僕も自分を押さえられなくなってしまった。

「おい、やめろよ。それ以上は冗談ですまされない」僕は磯野の腕を摑んだ。

実際、冗談の範囲はとっくに逸脱していた。

「えっ？」磯野は驚いたようなふりをした。「気に触ったのならやめるよ」

「それだけか？」僕は呆《あき》れた。

「それだけって？」磯野は図々《ずうずう》しく聞き返してきた。

「謝る気はないのかってことだ」

「どうして、俺が謝るんだよ⁉」

「常識ってものがあるだろ！」

「まあ、たしかにちょっとやりすぎたかもしれないが……。そんなに腹が立ったのか？」

「ああ。俺だって人並みに神経があるんだ」僕はもう一方の手で、磯野の胸倉を摑んだ。

「ちょっと、やめてちょうだいよ。二人とも！」君は慌てて仲裁に入ってくれた。

「いったい、どうしたっていうのよ」

「大丈夫だ。心配しなくていい」僕は君のほうを見ずに、磯野の目を睨《にら》みながら言った。「こいつにちょっと言い聞かせてやるだけだ」

「何を教えてくれるんだ⁉」磯野もついにとぼけきれなくなったのか、開き直って僕の手を振り払った。

「ちょっと、どういうことなのよ‼」

「いいか、よく聞け」僕は言った。「今回だけは目をつぶってやる。おまえが調子に乗りすぎたんだと思ってもいいし、酒に酔っていたことにしてもいい。だが、一つだけ条件をつける。いますぐここで、綾に謝れ」

「まったくもって、こんな馬鹿な話は聞いたことがないぞ！」磯野は答えた。「どうして、そういうことになるんだよ！」

「それは謝る気がないということか？」

「そうとってもらって結構だ」磯野はしゃあしゃあと言ってのけた。

「綾、君はどうだ？　こいつを許せるか？」

「ねえ。もういいじゃないの」君はおろおろと僕ら二人の顔を交互に見比べた。これ以上、ことを荒立てたくないと思っていることは見て取れた。

「夫としては」僕はなんとか自分を押さえた。「妻には自分の味方になってもらいたいところだが、まあ仕方がないか。喧嘩になって怪我でもされたら、困るとでも思ってるんだろう」

「ああ。そうだろうな」磯野は他人事《ひとごと》のように言った。

「今日はもう帰るぞ！」僕は君に呼び掛けた。

「えっ、うん」君はどぎまぎと答えた。

僕はそのまま、磯野の顔を見ずに外に出た。家に帰るまで一言も話さなかったのは、やっぱり磯野の態度がとてもショックだったからだろうな。
「本当のことを言うと、あなたが磯野君にはっきり言ってくれて、ほっとしたのよ」
君は家に帰ると、ソファに倒れ込みながら言ったね。「あれがもしあと一分も続いて
いたとしたら、わたしのほうが切れてたわ」
「だったら、あの時、君もがつんと言ってやれば、よかったじゃないか」
「わたしたち、磯野君とはこれからも付き合っていかなけりゃならないんだから、そ
んなこと言えるわけないじゃないの」
僕はまた少し腹が立ってきた。「そんな気配りをする必要なんかないよ！　友達の
女房にキスしようとしたんだぞ。常識以前の問題だ。今日なんか僕がいたからあれで
終わったけど、もし二人っきりだったらどうなってたことか」
「二人っきりになんかならないわよ」
「じゃあ、君が一人でいる時に磯野が訪ねてきたら、どうするつもりなんだい？」
「そんな時は普通上がらずに、玄関で用事をすますものよ。だいいち、あなたを訪ね
てくるんだから、あなたが留守だとわかった時点で帰っちゃうわよ」
「何を悠長なことを言ってるんだ。今日のあいつの調子だったら、わざと僕が留守の
時を狙ってやって来かねないよ。もし、あいつが入れてくれって言ったら、どうする

つもりだよ?」

「別に。帰ってくれって言うわ」

「本当に? 君、さっき『磯野君とはこれからも付き合っていかなけりゃならないんだから、そんなこと言えるわけない』って言ったじゃないか」

「それとこれとは別よ」

「そうならいいんだが」僕は力なく笑った。


その次の日、勤めから帰ると、マンションの部屋の前に磯野が立っていた。

一瞬、ぎくりとしたが、磯野の顔を見る限り、悪意はないようだった。

「なんだよ、いったい?」僕は少し警戒しながら言った。

「見ての通りさ。おまえが帰ってくるのを待ってたんだ」

「だから、どういうつもりなんだよ?」

「いや。昨日のことなんだが……」磯野は口ごもった。

「謝りに来たってわけか?」僕は問い詰めるように言った。

「いや。謝るとか、そういうのはおかしいだろ」磯野はまた興奮しそうになったが、なんとか自分を押さえたようだった。「……でも、まあ、いいよ。そういうことで。俺が悪かったと」

なんとなく、謝られている実感には乏しかったが、磯野としては精一杯の表現だったんだろう。僕も許してやってもいいんじゃないかと思い始めていた。

もともと、磯野は軽はずみなところはあったが、故意に人に迷惑をかけるようなやつじゃなかった。昨日のようなことをしたのは、かなり精神的に参っていたということだろう。ここで、僕が磯野をつっぱねたら、それこそこいつを追い込んでしまうことになるかもしれない。もし、それで磯野の神経が完全に崩壊してしまったら、却《かえ》ってまずいことになる。ノイローゼになったり、自殺したり、あるいは変質者のようになって、僕や綾をつけ回したり。人間の心なんていくら頑丈そうに見えても、ちょっとしたことで、どこがどうなるか、わかったもんじゃない。

「俺だって、昨日は言いすぎたかもしれないと思っていたんだ」僕は努めてソフトな口調を保った。「しかし、こんなとこで待たなくたって。中で待ってればよかったのに」

「えっ？　中って、留守の家にどうやって入ればいいんだよ？」

「おまえいつから待ってたんだ？」

「かれこれ、三十分も待ってた。今日はもう帰ろうかと思い始めたとこだった」

僕は気取られないように内心ほくそ笑んだ。君はいつも僕が帰る一時間前には家に帰っている。磯野が君に居留守を使われたことは確かだった。君が僕の言ったことを気に留めてくれていたこともちょっと嬉《うれ》しかった。

「実は綾はちゃんと中にいるんだよ」僕は得意気に言った。

「おい。冗談だろ。いくらなんでも、そんなはずはないだろ」磯野は目を丸くした。

「そんなに驚くようなことでもないだろう。大袈裟《おおげさ》だな」僕は笑った。「とにかく中に入って自分で確認しろよ」

僕はチャイムを押そうかと思ったが、磯野だと思って出てこないかもしれないと思い、鍵《かぎ》を使ってドアを開いた。

「おい、綾、磯野を連れてきたぞ！」

「はあい」君の元気な声が奥から聞こえた。

「なっ」僕はきょとんとする磯野ににやりと笑いかけた。

「わけがわからんよ」磯野は首を振った。

「はは。自業自得さ。おまえが昨日、あんなことするから、綾は警戒して居留守を使ったのさ」

「どうも、話が見えてこない」磯野は首を捻《ひね》った。「綾が……？　居留守……？」

磯野は普段は頭の血の巡りのいいやつなんだが、時々信じられないぐらいに愚鈍に見えることがある。この時がそうだった。

「とにかく、ついて来いよ」僕は辛抱強く言った。「綾に直接聞けば、はっきりする」

僕は訝《いぶか》しがる磯野の背中を押して、居間に入った。

「お帰りなさい、あなた」君はソファに座ったまま言った。「磯野君、昨日はどうも」

「こ、これはいったい……」磯野は額に手をやり、前髪をかきむしった。

「どうした？　顔色が悪いぞ」僕は磯野のあまりのうろたえぶりに逆に驚いてしまった。「まるで死人でも見たようじゃないか」

磯野はゆっくりと後退《あとずさ》りをし、居間の入り口から遠ざかった。やがて、廊下の壁に背中が接触した。そのまま、ずるずると背中を壁に這《は》わせながら、尻餅《しりもち》をつく。

「どうしたの、磯野君？」君は眉《まゆ》をひそめた。「気分が悪いんだったら、こっちに来てソファに座る？」

「そのほうがいい」僕は磯野の腕を引いた。

磯野はしばらく呆《ほう》けたように目を見開いて君を見つめていたが、やがてゆっくりと僕の顔を見上げ、再び君のほうを見た。その行動を二、三度繰り返した後、やっと口を開いた。「わかった。冗談なんだろ。綾と俺のことを嫉妬《しっと》して、それでこんなことを……」

その後はもごもごとほとんど言葉になっていなかった。

ついさっきは磯野がわけがわからないとこぼしていたが、今度は僕のほうが面食らってしまった。いったい、磯野は何をそんなに驚いているのだろう。

「おい。しっかりしろ」僕は磯野の肩を強く揺さぶった。「冗談ていうのはなんのことなんだ？　ちゃんと説明しろ」

「じゃあ、そのつまり……これは冗談じゃゃないって言うんだな」磯野の顔からは汗が滝のように流れている。「本気なんだな」

「いいかげんにしろ！」僕はついつい強い口調になった。「冗談とか、本気とか、全然わけがわからない。落ち着いて、説明してくれ」

「冗談じゃない」磯野は僕の目も見ずに、呟《つぶや》くように言った。「冗談じゃない」

磯野はゆっくりと立ち上がった。汗まみれなのに、なぜかがたがた震えている。

「無理するな。俺の肩につかまれ」僕は磯野の腕を持ち上げようとした。

「触るな！」磯野は僕の腕を振り払った。「こんなところにいられるかってんだよ!!」

「何を怒ってるの？　磯野君ちょっとおかしいわ」君も怯《おび》え始めたのか、少し声が震えていた。

怒っている？　磯野は怒ってるのか？　でも、いったい何を？

「くそっ。なんてこった」磯野の息は荒い。「俺の綾を……。こいつは俺の綾を……」

磯野は聞き捨てならないことを言った。『俺の綾』とはどういうことだ？　こいつはいったい何を考えているんだ。

「ふわあああああ!!」磯野は突然叫ぶと、ドアを突き破らんばかりの勢いで、外に飛び出していった。

「いったい何があったの？」

「僕にもわからない」僕は君のほうを見た。「磯野の言葉のニュアンスだと、君のほうこそ何か知ってそうだったが」

君は首を振った。「思い当たる節はないわ。ただ……」

「ただ？」

「磯野君は結婚してからもわたしのことを……。でもあれはずいぶん前のことだし、わたしは応《こた》えなかった」

「磯野のやつ、まさか……君を口説いたのか?!」

「大丈夫よ。それほどしつこくはなかったし、わたしも傷つけないようにやんわりと断わっておいたから、根に持ったりはしてないはずよ」

「ソフトに断わりすぎたのがいけなかったのかもしれない」僕は舌打ちをした。「気をもたせているんだというふうに、自分に都合のいい解釈をしているのかもしれない」

「まさか、ちゃんとわかったような態度をとっていたわ」

「君がそう思っていただけではないという根拠はあるかい？」

君は困ったような顔をした。

「とにかく、今日のあいつの態度は普通じゃなかった。しばらくは戸締りには充分注意したほうがいい。それから、夜はできるだけ出歩かないように」

君はため息をついた。

君には黙っていたんだが、僕はあれから四、五日たってから、磯野の家を訪ねてみたんだ。

ブザーを押すと、あいつはすぐに出てきたが、僕の顔を見たとたん、息を飲んで慌ててドアを閉じようとした。

僕は肩をドアの隙間に捩《ね》じ込んだ。「ちょっと待てよ。このままじゃあ、わけがわからない。頼むから納得のいく説明をしてくれないか」

「それはこっちの台詞《せりふ》だ!」磯野は血走った目をしていた。「この変質者が!!」

その時点で帰ってもよかったんだが、僕はなおもくい下がってしまった。きっと、あいつと誤解し合ったままでいるのが、耐えられなかったんだろう。あの時はまだ本気で喧嘩《けんか》別れするとは思ってなかったんだ。親友のつもりだった。

ああ、でも、あの時、僕は帰るべきだったのかもしれない。そうすればあの気色の悪いものを見なくてもすんだのに。

「どういうわけで俺が変質者だということになるのかについても気になるが」僕は冷静に言った。「それよりもこの間、おまえが言っていたことが気になる。『俺の綾』というのはどういう意味だ？」

「そのままの意味だ」

「だとすると、綾はおまえのものだということになってしまう」

「その通りだ」磯野は堂々と答えた。

「それでは俺は困ってしまうんだよ。もちろん、一人の人間が別の誰かの所有物になることの是非の問題もあるが、ここは隠喩《いんゆ》として理解すべきだろう。だとしても、俺としてはその発言を認めるわけにはいかない」

「おまえがどう思おうが関係ない。これは俺と綾が決めるべき問題だ」

こう返されると、一見正論のように聞こえるため、反論が難しい。

「確かに、理屈の上ではそうだが、一般常識に照らし合わせてみると、やはり非はおまえのほうにあるように思えるんだが」僕は控えめに言った。

「おまえ、馬鹿か?!」磯野は言った。

疑問文の形にはなっているが、何かを質問したのではないことは明らかだった。おそらくは議論の打ち切りを宣言しているのだろう。しかし……。

「じゃあ、こうしよう」僕は柔和な態度を崩さなかった。「何か根拠を見せてくれないか。それで納得できたら、僕はすぐ帰るよ」

磯野はしばらく荒い息のまま考え込んでいたが、僕の目を睨《にら》んだまま言った。「じゃあ、ここで待ってろ。いいか。一歩たりとも、玄関に入るんじゃあないぞ!! その時はただではすまさんからな!」

持ち主の承諾を得ずに、たとえ一歩でも、家の中に踏み込めば、家宅侵入だと言われてもしかたがない。だからといって、「ただですまない」ようなことをされてもいいというわけにはならないが、ここは下手に言い返したりしないのが大人というものだろう。

「心配するな。マネキン人形のように凍りついてるよ」

「そんなことを言うな!!」磯野は突如興奮したのか、拳骨《げんこつ》を壁に叩《たた》きつけた。そして、僕を監視しながら、後ろ向きに部屋に入っていった。

しばらく、ごそごそと何かを探す音がしていたが、やがて磯野は殺気を発散させながら戻ってきた。

「これが証拠だ。よく見ろ!」

僕の全身に戦慄《せんりつ》が走った。これほど、怖いことは初めてだった。

その写真を僕たち夫婦や磯野のことを知らない第三者に見せたとしても、驚かなかっただろうが、逆に僕たちのことを知っているものにすれば、とてつもなく恐ろしいか、あるいはばかばかしいものだった。

「よくわかった」僕は冷静を装った。「きっと、おまえの期待しているような理解のしかたではないと思うが、理解できたことは確かだ」

「何をぐずぐず言ってるんだ？」磯野は遠くを見るような目で呟くように言った。

「俺はおまえになんかこれっぽっちも期待してないよ」

「そうかもしれないな」僕の全身から冷や汗が滝のように溢《あふ》れ出す。「いずれにしても、俺たちの間に話し合いが成立する余地はないようだ。残念だが、俺たちの付き合いはこれっきりにしてくれ」

「それは、はなからわかってたことだ。とっとと、失《う》せろ!!」磯野は僕を突き飛ばした。

　僕は思わず、写真を手放してしまった。木の葉のように揺れながら落ちる写真を摑《つか》もうと手を伸ばしかけた瞬間、ドアがぴしゃりと閉じられた。写真は家の中に入ってしまった。あれは磯野の精神状態を示す証拠になったんだが、手元にないからには仕方がない。今は僕の言葉を信じてもらうしかない。

　僕は回れ右をすると、振り向きもせず、まっすぐ家に帰ってきた。本当の親友なら、磯野を救ってやるべきかもしれない。でも、正直言って、僕は恐ろしかった。僕の力なんかではどうしようもないことはわかっていた。これほどまで簡単にあいつを見捨てることができたところを見ると、きっと二人は本当の親友なんかじゃなかったんだろうな。

実は僕はまだ躊躇《ちゅうちょ》してるんだ。この手紙を君に見せるべきかどうか。

それでなくても、君はあの日から具合が悪く寝込んでいるというのに、これ以上のショックは与えたくない。しかも、この手紙を君に見せれば、助けが必要な友人を見捨てて、絶縁を言い渡してしまった僕をさらけ出すことになってしまう。

ああ、あの写真さえあれば、僕の恐怖をわかってもらえたのに……。

中学生でさえ、アイドルのヘアヌード写真を合成する世の中だ。技術的レベルはたいしたものではなかったのかもしれない。でも、僕は血が逆流するほど、ぞっとした。なぜって、それが磯野と君が並んでほほ笑む結婚写真だったから。

3

これは僕から綾への最初の手紙だ。そして、ひょっとすると最後の手紙でもある。もっと言えば、君に見せることはおそらくないだろうとも思ってる。

じゃあ、なぜ僕はこの手紙を書いているのか？

僕にもわからない。自己満足のためか？　それとも、自分自身の考えをまとめるためか？　まあ、どっちにしてもたいしたことじゃない。

とにかく、僕はこれから綾への思いの丈を書き綴《つづ》ることにする。あるいは僕の決心を。

ええと、どこから書き始めようか？

そうだ。この前、綾と会った日のことからにしよう。

あの日、僕は精一杯のおしゃれをしていた。と言ったら、綾は笑い転げるだろうか？　でも、本当なんだ。僕にとってはあれが限界だった。もちろん、自分でも薄々は人に野暮ったい格好だと思われているんじゃないかとは気づいてはいるんだが、いかんせんどこをどうすれば、垢抜《あかぬ》けられるのかすら想像もつかない。

ファッショナブルな綾と歩いていると余計に目立ってしまうんだけど、そんなことは全然気にならなかった。むしろ、こんな僕でもこんないい女とデートできるんだと誇らしいぐらいだった。

あの日、デパートに誘ったのは、安月給の僕には君に満足な贈り物もできないけど、デパートを隅々まで探せば、何か手ごろなものがあるんじゃないか、と思ったからだ。

結局、僕の所持金で綾に相応《ふさわ》しいものは一つもなかったから、二人でぶらぶらといろんなものを見て歩くことになってしまったね。

婦人服売り場のマネキンのことを覚えているかい？　綾にそっくりだと僕が言っているのに君は最後まで納得しなかった。

「マネキンなんて、どれも同じ顔だわ。このマネキンだけが特別わたしに似ているなんてことあるはずがないじゃないの」

「そんなことはないよ。マネキンだって、一体一体個性があるんだ。顔の各部の微妙なバランスが綾にそっくりだよ」僕はついむきになってしまった。

「もう。馬鹿なこと言わないでよ。このマネキン八頭身じゃないの。わたしはせいぜい六頭身半だわ」

「そんな見掛けは問題じゃない。全体の雰囲気がまさに綾そのものなんだ」

「今、顔のバランスが似ている、って言ったばかりじゃない。矛盾してるわ」

「矛盾なんかしてないよ。僕は顔を作っている部品——目鼻口——そのものの形のことを言ったんじゃないんだ。それぞれがわずかずつ変形している。たぶん、製作工程のどこかでかかる熱か圧力の影響なんだろう。それとも、ほんのちょっとした色遣いのむらが原因かもしれない」

「まあ、わたしの顔が歪《ゆが》んでるってこと⁉」綾は少し膨れて見せた。

「いや。どうして、そうとるのかなぁ。変形しているといっても、醜く歪んでいるわけじゃないんだ。なんて言ったらいいんだろう？　とてもすがすがしく流れるようなリズムを作り出しているんだ。きっとそれは何百何千分の一の偶然なんだろうけど、なんとも言えない暖かさとせつなさを醸し出している」

「そのマネキンにわたしが似ているとしたら、それは褒め言葉ととってもいいのかしら？」

「ああ、褒め言葉ととってもらってかまわない」

綾はふふふと笑った。

こんなたわいのない会話ですら、僕にとっては生まれてこの方味わったことがないほどの喜びだった。そして、なんの根拠もなく、この幸せが永遠に続くものだとばかり信じていた。そして、綾も同じ気持ちだ、と。

だから、あの後喫茶店で僕は自信たっぷりに綾に指輪を手渡したんだ。安月給三カ月分――僕にとっては精一杯だった。

「えっ?!」綾は驚くほどすっとんきょうな声をあげた。「これって、あの、冗談とかじゃなくて」

「ああ」僕はおどけた調子で答えた。「プロポーズだととってもらってかまわない」

綾は笑わなかった。

沈黙。

僕はほほ笑んだ。

綾は黙っている。

ははは、と僕は笑った。

沈黙。

僕は真顔に戻る。

「あの……」僕の口の中は急速に乾いていった。「気にしないで」

「そうだったなんて。わたし……」綾の声は震えていた。「そう思ってたなんて。

……わたし、なんにも気づいてなかった」

いいんだ。僕が勝手に思い込んでいただけなんだ。常識はずれなのは僕のほうさ。

そう言おうと思ったが、喉《のど》も口も動いてくれなかった。

「僕は……」僕が言えたのはそれだけだった。

「もう遅いかもしれないけど、わたし……いい友達だと思ってた」

ああ。いい友達だった。男女の友達としては理想的だったかもしれない。ただ、僕が勘違い野郎だったから、すべてをぶち壊しにしてしまった。

「わたしが悪いの。きっと無意識のうちに、思わせぶりな態度をとってしまってたんだわ」

そうかもしれない。そうでないのかもしれない。僕はどうして自分たちが恋人同士だと思っていたんだろう？　僕ははっきりと交際を申し込んだんだろうか？　思い出せない。思い出せない。

「あの……これは受け取ることはできないの」綾は僕の手に指輪を戻して、立ち上がろうとした。「今日はもう帰りましょう」

「ちょっと待ってくれ」僕は綾の手を引いて、椅子に戻した。「確かに僕は勘違いしていた。僕たちはただの友達で、まだ婚約するような仲ではなかった。でも、どうだろう。これから、始めることはできないだろうか？　その……」綾の手の震えに気がついて、僕の言葉は凍りついてしまった。

「ごめんなさい」綾の手は僕の掌《てのひら》からするりと抜けた。

「友達以上恋人未満てやつをさ」僕は誰もいなくなった空間に呟《つぶや》いた。


綾とはそれっきりだった。僕のほうから電話をかけることも、向こうからかかってくることもなくなった。

僕は数週間の間、何も考えることができなくなっていた。その間のことはよく思い出せない。きっと朝から晩まで泣き続けていたんだろう。

さすがにひと月近くたつと、少しは冷静に自分を分析できるようになってきた。

僕は記憶をゆっくりと探った。驚くべきことに、僕と綾が恋人同士であることにも、これからそうなる可能性についても、これといった根拠は見いだせなかった。二人っきりでデートしたのはこの前でほんの二度目だった。それ以外の時はいつも他の誰かと一緒だった。たとえば、磯野と三人で映画に行ったり。

ではどうして、僕は綾の心を見誤ってしまったんだろうか？　僕はさらに深く記憶を探る。

原因がわかった。綾が時折見せる瞳《ひとみ》の輝きだ。恋の光に満ちていた。

しかし、どうして、綾は僕にあんな輝きを見せたのだろうか？　僕をからかって楽しんでいたのか？

いや。僕はわかっていたはずだ。現実を直視したくないため、心の中で勝手に、綾の目は僕を見つめている、と自分に言い聞かせていたんだ。

綾は磯野を見ていた。二人は見つめ合っていた。

なんということだろう。僕は恋人たちの共通の友人に過ぎなかったのだ。それなのに、僕は親友の恋人を口説いてしまった。もう二人に合わす顔がない。

僕の全身は羞恥《しゅうち》の繭に覆われてしまった。だが、不思議なことに羞恥心と同時に、磯野への嫉妬《しっと》と、綾への欲望が紅蓮《ぐれん》の炎となって、繭を焼き払いはじめた。

綾が好きだ。綾が欲しい。綾がいい。綾がすべて。綾が命。綾が生きがい。綾が欲しい。綾が欲しい。綾が欲しい。

僕は頭を押さえ、悶《もだ》え苦しんだ。

なんということだろう。ほんのひと月前まではあんなに幸せだったのに。僕たちはお似合いの恋人同士だったのに。

でも、本当は何も変わってはいないのだ。僕たちは恋人同士ではなかった。綾は僕を愛してなどいなかった。僕が一方的に恋をしていたのだ。そして、今も恋い焦がれている。何も変わっちゃいない。なのに、どうして今、僕はこんなに苦しいのだろう？　どうして、ひと月前はあれほど幸福だったのだろう。

変わったものがあるとすれば、それは綾ではない。僕自身だ。僕の誤解がなくなってしまったのだ。

幸福か不幸かはその人間を取り巻く状況が決定すると、みんなは考えている。とんでもない。状況ではないんだ。断じて違う。

幸不幸を決めるのはその人間の思いなしなのだ。

実際には恋などなかったのに、僕は綾を自分の恋人だと思っていた。そして、僕は綾が本当に恋人であるのと寸分変わらない幸運の中にいた。真実などどうでもいい。幸不幸は思いなしが決める。人生の価値とはつまり思いなしの価値なのだ。

僕はやっと気が付いた。現実に振り回されて、自分を見誤っていた。幸せを摑《つか》むためには現実を直視してはいけないのだ。人は素晴らしい思いなしを持つことによってこそ、そして持つことによってのみ、人生の勝利者になることができるのだ。

綾と磯野は結婚したらしいね。どうかお幸せに。でも、現実の君のことを考えるのはこれで最後にするよ。二人の幸せな結婚生活のことを思うと、それだけで死んでしまいそうになるからね。

　これから僕は死ぬまで、素晴らしい思いないしと共に生きていくことに決めたんだ。そのための準備もすんでいる。

　僕はデパートからマネキンを譲り受けたんだ。あの綾の姿を持ったマネキンだ。先週、この部屋で二人だけの結婚式を挙げた。僕と綾は夫婦になったんだ。人がどう思おうと関係ない。たとえ、マネキンだとしても、僕がそれを本物の綾だと思っていれば、本当に綾と結婚するのと本質的な違いはない。

　僕はソファに座っている綾だけのことを考える。毎日、話しかけるうちに綾もほほ笑みながら返事をしてくれるようになった。

　僕は一日に何度も綾と熱い口づけを交わす。僕の舌は綾の唇を隅々まで念入りに嘗《な》め尽くす。

　綾は僕の買ってくる服をとても嬉《うれ》しそうに着てくれる。

　ああ、綾、僕はとても幸せだ。もう一生君を手放さない。

　時々、何かわけのわからない不安が頭の片隅を横切ることもあるけど、綾の肌がすべてを忘れさせてくれる。

　磯野とは以前と同じように付き合いをしている。時には綾と三人で遊びに行く時もあるそんな時何か矛盾したことが起きてたまらなく不快になることもあるそんな時は優しい霧が僕の脳を包んでくれるこの手紙に僕は僕の中に残っていた不愉快なものを捨てることにしたんだそれが何だったのかは思い出せない思い出したくもない封筒に入れる封をするにどとよみかえさないぼくはもうこのてがみをよまないなにもしらないなにもおしえないぼくはひとりじゃないあやもひとりじゃない
ぼくはじんせいにかった

獣の記憶

ある日のこと神の子たちがやって来て、ヤハウェの前に立った。そして敵対者も彼らの間にまぎれてやって来ていた。そこでヤハウェが敵対者に言われるのに「お前はどこから来たのか」。すると敵対者はヤハウェに答えて言った、「地上を歩きまわり、ふらついてきました」。

(『ヨブ記』より)

目の奥に刺すような痛みが走った。

痛みは僕を無理やり、覚醒《かくせい》の世界に導こうとする。僕はなんとか痛みをなだめて、優しい眠りの国に戻ろうとしたが、ものの数秒後にはそれは無駄なことだと悟った。痛みは無視するには強過ぎるし、気を失うには弱過ぎた。

苦痛と格闘しながら薄目をあけると、カーテンが半分ほど開けられていて、日の光が差し込んでいる。強烈な昼の日の光だ。僕の顔にまともに当たっている。痛みと感じたのは過剰な眩《まぶ》しさだったのだ。

僕は眩しさから逃れようと、カーテンに手を伸ばそうとしたが、腕は言うことを聞いてくれない。

俺はここで眠りつづけるんだ。誰の命令でもてこでも動くものか！

腕の筋肉がそう宣言しているみたいな気がした。

何度か深呼吸を繰り返してみる。全身がとてもだるい。いつものことだ。もう一度手を動かしてみる。

俺ノ手ハ機械ナンダ。ダカラ、疲レナンカ知ラナイ。命令サレレバ、ブッ壊レルマデ動キツヅケルダケダ。

　腕は真っ直ぐに伸びた。だが、カーテンに触れることはできない。一瞬の緊張の後、だらりと弛緩《しかん》し、ベッドの上に落下した。少し埃《ほこり》がたった。

　僕はため息とも呻《うめ》き声ともつかないものを出した。また、少し埃がたった。

　全身が眠りに戻ることを主張して反抗しているかのようだ。僕の意志に従ってくれない。再び眠るためにはカーテンを閉めることが必要だというのに。

　眠ることも起き上がってカーテンを閉めることもできないまま、三十分もたったころ、僕はようやくずるずるとベッドの上を這《は》って、窓際に近付くことができた。カーテンを引くと同時に部屋の中に優しい暗闇が戻ってきた。強い光にかき消されていた部屋の中の様子がぼんやりと浮かび上がってくる。鼠色の壁と濁った黄色の床とその上に散らばった屑《くず》のような品々を背景に視界の中を狂ったように迷走する緑色の残像が見えた。

　僕はもう一度、呻き声をあげて、麻痺《まひ》した五感を奮い立たせようとする。

　カーテンの隙間からは僕の顔を直撃してはいないものの、黄色い光条が漏れ出して、部屋の中に不愉快な模様を投影している。光条の中には細かい埃がびっしりと充満して、苛立《いらだ》たしい乱舞を繰り広げている。

　あの埃は光条によって生み出されたものではなく、もとからこの部屋の中にあるものだ。僕はその埃の充満する空間に包まれて呼吸をしている。

そう思うだけで、咳《せき》の発作が起きた。痰《たん》と唾《つば》が飛び散る。そして、僕の咳の生み出す気流と体の動きによって、埃が舞い上がる。僕はさらに激しく、体をぴくぴくと折り曲げながら咳を続ける。肺が萎《しぼ》みきり、新しい酸素を求めて広がろうとする。吸気が気管支に触れた途端、またもや咳が起きる。吸う反射と吐く反射が同時に起きたからだろうか。喉《のど》の奥深くから甲高い笛のような音が漏れ、胸の奥に鈍い痛みが残った。

ちかちかと光を持たない星が視野の中に無数に現れる。僕は咳を誘発しないようにゆっくりと浅く呼吸をする。

ぜいぜいという自分の呼吸音に埋もれて、いろいろな音が聞こえてくる。

窓のすぐ側の線路からはひっきりなしに電車が通る音がする。不思議なもので、最初は夜も眠れないほど気になった爆音も今ではそれほどには感じなくなった。耳が遠くなったわけではない。日常生活には支障は出ていない。僕の心が心理的なマスクをかけて、意識の中から電車の音を締め出しているのだ。雑踏の中でも自分の名前だけは聞き取れるという例の効果と逆の現象だ。確かマスキング効果とかいったような気がする。

朝夕なら、この安アパートに出入りする人々の賑《にぎ》やかな物音が聞こえただろうが、今は昼間なので、人の動きはあまりないようだ。時折、通りを歩く人の足音が聞こえるだけだ。急がずに、ゆったりと歩いている。どこの誰かは知らないが、僕はその足音の主を羨《うらや》ましいと思った。少なくとも、ゆったり歩けるだけの心のゆとりがあるのだから。

口を開けて寝ていたせいか、口の中がからからに乾いている。口を塞《ふさ》ぎ、舌で口の中を撫《な》で回してみる。砂のようなざらつきを感じる。僕は目をつぶり、なんども舌を転がす。やがて、唾が分泌され、多少の湿り気を帯びてくる。ねっとりと溶けかけたオブラートの感覚だ。

血の味がした。

血の味といっても、血は塩辛さと微妙な酸味を持つだけで、別に特殊な味を持っているわけではない。血の味だと感じさせるものは実は血のにおいなのだ。呼吸のたびに喉から鼻に血のにおいが運ばれている。

鼻血でも出したのかと思い、僕は指で強く鼻孔を擦《こす》った。少し鼻汁がついただけで、血は見当たらなかった。もっとも、目がしょぼしょぼしてはっきりとは見えないだけだという可能性もあったが。

僕は体のどこからも出血していないかどうか確認した。

寝間着代わりに着ているジャージは半年も洗濯していないため、茶色い大きな染みがついており、ところどころ青黒い斑点《はんてん》ができているが、血の跡はなかった。ベッドの上ではいつの頃からか毛布とシーツが渾然一体《こんぜんいったい》となってとぐろを巻いていたが、それにも血らしきものはない。

これで安心して、もう一寝入りしてもいいはずだが、なぜか僕の胸騒ぎはおさまらなかった。

僕は念のため、掌《てのひら》に唾を吐きかけた。指先でその粘度の高い液体を捏《こ》ねてみる。やはり異常はない。そして、そのにおいを嗅《か》いで、やっと気が付いた。僕の唾液《だえき》は酷《ひど》いにおいを発していたが、血のそれではなかったのだ。

血のにおいは僕の口から漂っているのではなく、この部屋の中に広がっているのだ。

僕は手で顔を覆った。とにかく落ち着かなければいけない。目が覚めた時、部屋の中の様子は一応見ているが、はっきりと開かない目で一瞥《いちべつ》しただけなので、異変に気付かなかったということは充分にあり得る。何を発見しても動転しないように気を落ち着かせよう。それまで、部屋の中を詳しく見るのは御法度だ。その間に昨夜のことを思い出すんだ。

昨日はこの部屋の中でベッドに入ったことまで覚えている。つまり、昨夜の最後も今日の最初もこの僕だったということだ。あいつに嫌がらせをする機会はなかったはずだ。

本当に？　あいつは僕が眠ってから、おもむろに起き上がって、何か悪さをしてその後、何ごともなかったようにベッドに入ったのかもしれない。

可能だろうか？

原理的には可能だろう。しかし、今までそんなことは一度もなかった。

いやいや。今まで一度もなかったからといって、これからも起きないとは限らない。それどころか、今まで一度もそんなことがなかったということすら怪しい。あいつがそんなことをしていたとしても、あいつに知らせる気がなければ、僕には知る術《すべ》すらないのだ。

しかし、ここでうじうじと悩んでいても埒《らち》が明かない。僕は思いきって、顔から手を離し、半身を起こして部屋の中を見た。

床に直置《じかお》きしているテレビが無音のままワイドショーを映していた。テレビを点《つ》けっ放しにしているのにはわけがある。部屋の照明は蛍光灯が切れてからは裸電球にしているのだが、明るさの調整ができないため、夜は真っ暗になってしまう。僕は暗闇の中にいると、すぐ側にあいつの気配をはっきりと感じてしまうので、いつも眠る時はテレビのブラウン管を照明代わりにしているのだ。慌ただしく、司会者の顔が赤になったり緑になったりしているのは番組の演出ではなく、受像機の問題だ。最近は青色がまったく出なくなってしまった。表現できる色はおおざっぱに言えば、赤と黄と緑だけだ。もしそれで画像が安定していれば、セピア色に見えなくもなかっただろうが、これほど激しく色が変わっていてはそんな風情は感じなかった。過敏なものが見たら、痙攣《けいれん》の発作さえ起こしかねない。

　画面の下半分は隠されていて見えない。テレビは食べ終わったカップラーメンや下着や靴下に半分埋まっている。僕は足で、テレビの前のがらくたを押し退けた。次の瞬間、くずの山ががらがらと崩れ、結局テレビは埋まってしまう。自然はエネルギー最小の状態を好む。実に当然なことだ。

　僕はテレビの近くから徐々に螺旋《らせんじょう》状に部屋をチェックした。インスタント食品の容器と脱ぎっ放しの衣類と雑誌からなる荒野――特に異常は見当たらない。

　部屋の隅にある背の低い冷蔵庫のドアは開きっ放しになっている。冷蔵庫とはいっても、結局インスタント食品をいれるだけで、しかも中身を詰め込み過ぎて閉じることもできなくなっている。小さな製氷室があるだけで、冷凍室がないので、冷凍食品の保存もできない。

　僕はベッドから降りて、立ち上がった。足の下でばりばりと発泡スチロールの砕ける音がし、残っていた汁が床に流れ出すのを感じた。冷蔵庫の上に置いてあるべきこに波打った大学ノートを手に取る。「通信用ノート」と表紙に手書きで書かれている。

　あいつが何かしたのなら、ノートに書いてあるかもしれない。読んでみようか？

僕は迷った。

さんざん躊躇《ちゅうちょ》したあげく、僕はノートを冷蔵庫の上に戻した。あいつは意味のあることを書くこともあるが、まったく意味不明なことを書くことも多い。くだらないことをえんえんと書き連ねることがあるかと思うと、重要なことに全く触れないこともある。あいつの書き込みは全くあてにならない。それに、あいつの書き込みがあった場合、僕はほぼ百パーセント、気が滅入《めい》ってしまう。あいつはやりきれない文章を書かせたら、日本一だ。こんな不安定な精神状態で読むのは危険かもしれない。

ああ、だが情けないことに、このノートが僕とあいつの間の唯一のコミュニケーション手段なのだ。

もっとも、ひょっとしたら、あいつはこんなものを使わなくても、僕の心を探れるのではないかと疑いを持つこともある。しかし、少なくとも、今まであいつから僕への連絡はこのノート以外の方法で行われたことはない。

僕はカーテンの裾《すそ》を持ち上げ、外を覗《のぞ》いた。世界は黄色い光に包まれ、夥《おびただ》しい埃《ほこり》を生み出している。のろのろと疎《まば》らに通りを進む人々は、砂ぼこりに塗《まみ》れ、病気の二十日鼠のように見えた。

どうして、あんなやつらを羨ましがったりしたんだろう？

一陣の風が吹いた。埃の竜巻が起こる。埃は窓ガラスを貫通して、僕の喉《のど》と目を直撃する。喉の奥から不快な塊が吹き出てくる。僕は吐き気と咳《せき》を同時に催し、ごみの中に突っ伏し悶《もだ》え苦しむ。激しく咳《せ》き込む僕の目の前にぼんやりと脱ぎ捨てたパンツが浮かんでいる。

僕は歯をくいしばって立ち上がろうとするが、足に力が入らず、膝《ひざ》をついてしまう。僕は四つん這《ば》いのまま、流しに向かう。手探りで流しの中に転がっているコップを拾い上げ、水道の蛇口をひねる。僕はそのまま、無我夢中でコップの水をがぶ飲みする。ごぼりと音をたてて、大きな痰《たん》がコップの中に吐き出される。僕の肺はやっと落ち着いてくれる。

生臭い。

見ると、掌から赤っぽい液体が筋になって流れ、手首からジャージの中に流れ込んでいる。黒い染みが徐々に広がり、肩までひやりとした感触が伸びてくる。コップの底に僅《わず》かに残った水にもうっすらと赤い色がついており、短い毛のようなものが無数に伸びている。

僕の中に恐怖と激怒が同時に生まれた。目からは涙が溢《あふ》れ出す。

どうして、僕がこんな目にあわなきゃならないんだ⁉　どうして⁉　どうして⁉

どうして⁉　どうして⁉　どうして⁉　どうして⁉　どうして⁉　どうして⁉

僕は流しの縁に手をかけ、自分の全身を持ち上げた。持ち上げながらも、僕の口からはどうしようもなく、嗚咽《おえつ》が漏れ出している。そして、流しの中を見たとき、僕の嗚咽は絶叫に変わった。

流しの中では嘴《くちばし》がとれた鳩が半分水に浸《つ》かっていた。

「普通、多重人格障害の場合、すべての人格が固有の名前を持つことが多いのですが、彼はもう一人の自分——つまり、第二の人格を『敵対者』もしくは単に『あいつ』と呼んでいました。しかも、人格は普段の彼と『敵対者』の二つだけで、それ以上人格が現れる兆しもありませんでした。これらの点はやや特殊な症例のようではありましたが、多重人格自体が特殊な病気でしたから、もう少し観察を続けてから結論を出すつもりでいました。実際、わが国では多重人格障害の存在を認めず、乖離性《かいりせい》ヒステリーと診断する医師が多数を占めています。つまり、多重人格というのは多重人格の存在を信じる医師によって作られた医源病だと主張されているのです。医師によって精神障害が誘発されることがあることはよく知られています。例えば、催眠療法で宇宙人に誘拐されたという偽の記憶が作られていたことなどは比較的有名な事例です。

というわけで、迂闊《うかつ》な治療はかえって病状を悪化させることにもなりかねませんので、薬物治療などは行わず、もっぱらカウンセリングだけを——それも、極力誘導を避ける形で行っていたのです」

僕は泣きながら蛇口を開いて水を流しっ放しにした。勢いよく排水口に流れ込む水の中で細い血の筋が煙のように渦を巻いた。

何とかしなければと、鳩を摑《つか》み上げる。だらだらと血が垂れる。手から力が抜けて、鳩は再び流しの中にぽちゃんと飛沫《しぶき》をあげて落ちた。手は真っ赤だった。

あいつはどうしてこんな酷《ひど》い嫌がらせをするんだろうか？　僕が動物好きなことを知っていて、わざとやっているんだろうか？　しかし、僕が動物好きなことをあいつはどうやって知ったんだろう？　やっぱり、あいつには僕の考えが筒抜けなんだろうか？

僕は首をふった。そんなことは考えないに限る。あいつに僕のすべてが知られているとしたら、とても生きてはいられない。あいつとは間接的にしか会ったことはないが、プライベートを共有できるようなやつでないことは確かだ。

鳩を見つめたまま、僕はしばらく放心状態だったが、そのうちノートを見ることを思い付いた。あいつは何かメッセージを残しているかもしれない。

僕はノートを捲《めく》り、書き込みがなされている最後のページを探した。

驚いたか!! 俺はこんなこともできるんだぞ! おまえが寝ている間も俺は自由に動き回れるんだ! 知らなかっただろう。こわいぞ。こわいぞ。おまえが寝ている間、おれは外をうろついているんだ。そして、夜道を歩いている女どもを片っ端から強姦《ごうかん》してるんだぞ。そのうち、警察が来るぞ! 警察がおまえを逮捕するんだ。死刑だ。死刑だ。おまえは死刑になるんだ。俺がおまえを死刑にしてやる。痛いぞ。痛いぞ。痛いぞ。痛いのは嫌いですか? 恨み辛《つら》みがあるのです。それは心の三充《じゅう》塡《てん》に問題。充塡、ついには隙間爆裂可能性! 角度差。三百六十度。流出時に電解質が作業の驚異。自律神経刺激不規則現象観測せよ! 青銅の針を真ん中に通すことにより、末梢神経《まつしょうしんけい》拡張形態変異的。なぜか? 季節が四分の一未満なら、元素固定範囲内決定!! 地球上不安感自転周期高度人工衛星危険! 印象強烈眼鏡。最終的対数螺旋拡張性。質実剛健痙攣性致死遺伝子複眼化排卵! おまえは恐怖の促進物になり変われ! 復讐《ふくしゅう》。復讐。……

怖がってはいけない。ここで怖がってはあいつの思うつぼだ、とわかってはいても、全身が震え出すのを止めることはできない。

そのページにはびっしりとそんなことが書き綴《つづ》られていた。文字の大きさもばらばらで、行の繋《つな》がり具合も異常だった。行の途中で、いきなり半行だけずれて、そのずれて空いた空間に別の文章が書かれていたりした。書かれてある内容を理解することは不可能なことだった。

ノートにどんなに空きページがあろうとも、あいつはいつも一ページずつしか使わない。しかも、細かい文字で隅から隅まで字で埋め尽くしている。念のため、他のページにも書き込みがないか、調べてみたが、やはり今回もこの一ページだけだった。以前はかなり強い筆圧で書いているらしく、途中で鉛筆が折れた跡がいくつもある。ので、ボールペンを使っていたのだが、あいつは筆圧が強過ぎてすぐに先を潰《つぶ》してしまうので、最近はもっぱら鉛筆を使っているようだ。

おそらく、ここに書いてあることは本当ではないのだろう。僕を怯《おび》えさせる目的で書いているだけだ。しかし、この異常な文章はいったいどういうことだろうか？　まるで、精神分裂病の患者が書いたような文章だ。あいつは精神分裂病に罹《かか》っているんだろうか？

確かに、そう考えれば、あいつの異常な行動のいくつかは説明できるかもしれない。あいつがいままでやったこと――僕の知り合いの家に僕の名前を使って悪戯《いたずら》電話をしたり、アルバイト先で暴れ回ったり、部屋の中を汚物塗れにしたり、今日みたいに動物の死骸《しがい》を放置したり――は、悪意からやったことではなく、病気のせいだとしたら、あいつを許せる気になるかもしれない。自分の一部が邪悪な存在だと考えるよりは病んだ存在だと考える方がずっと気が楽だ。

だが、そうだとすると、あいつは多重人格障害である上、精神分裂病を併発していることになる。そんなことはあり得るんだろうか？　それにあいつが精神分裂病だとしたら、僕も精神分裂病でなければ、つじつまが合わないのではないだろうか？　多重人格の中の一つの人格だけが精神病になることなぞあるんだろうか？　ひょっとすると、僕はすでに精神分裂病なんだろうか？

僕は自分の心の動きを内省してみる。

精神分裂病の兆候は感じられない。もっとも、精神分裂病は自己診断不可能なのかもしれないが。まあ、少なくとも、それとわかる幻覚や幻聴もない。日常からかけはなれた妄想ももってはいない。電波に話しかけられたりもしない。……自分の中に別人格の存在があると考えているのは異常と言えるかもしれないが、これは多重人格障害に起因するものであって、精神分裂病によるものではない。

本当に？

精神病についてはまだまだほとんどわかっていないと言っても過言ではない。精神分裂病と多重人格障害は実は非常に近いのかもしれない。

僕はため息をついた。

考え過ぎるのはよくない。自分の精神状態についてくよくよしだすのはよい兆候とは言えない。ここは楽観的に考えるべきだ。あいつは精神分裂病なんかではない。ただ、そのふりをしているだけだ。僕にそう思わせたいだけだ。

なぜ？

僕を怯えさせるためだ。あいつは僕を苛《いじ》めて楽しんでいるんだ。あいつは自分のことを何をするかわからない人間だと思わせようとしているんだ。あるいは、僕に精神分裂病のことを考えさせて、精神的に追い込もうとしているのかもしれない。

どうすれば、あいつにこんなことをやめさせることができるだろうか？　あいつに僕がそんなことを信じていないということを教えてやれば、ひょっとするとやめてくれるかもしれない。

僕はノートを広げ、あいつが書き込みをした次のページに書き始めた。

いっぱい書き込みをしてくれてご苦労さん。しかも、わざわざ自分が精神病であるかのように装って書くのは大変だっただろう。もちろん、君は精神病だ。と言うよりは僕たちは精神病だ、と言うべきか。いずれにしても、精神分裂病のふりをするのは全くの無駄だから、やめておいた方がいいだろう。僕は自分の精神状態は完全に把握できているし、実は君の精神状態もある程度は把握できるんだ。君にも僕にも精神分裂病の兆候はない。問題があるとしたら、君の極端な性格的な偏りだろう。君は僕を精神的に苛めることで加虐的快感を得ようとしている。しかも、君は僕がすなわち君だということも理解している。つまり、被虐的でもあるわけで、君は二重に倒錯していることになる。そのような性癖は相手も納得している限りにおいてのみ許される。僕はサドでもマゾでもない。こんな遊びに付き合わされるのはまっぴらだ。今日限り、こんな悪ふざけはやめてもらいたい。

自分でも説得力がある文章だとはとても思えなかった。もう少し書き込もうかとも思ったが、書けば書くほど、自分の怯えを必死に隠そうとしているのを見透かされそうな気もする。ぼろが出ない程度にしておくのが賢明だろう。

僕があいつの精神状態をある程度認識できると書いたのは全くの嘘だ。僕はあいつの精神なんかこれっぽちも感じない。事実、あいつがおおっぴらに僕に対して敵意をむき出しにしてこなかったら、今でも自分が多重人格だということには気が付かなかったに違いない。

もちろん、自分の記憶にある程度空白があるのは以前から知っていたが、これは誰にでもあることだと考えていた。誰だって、その日一日朝からの記憶をずっと連続して持っているはずがないと信じていた。だから、前の日の昼飯に何を食べたかとか、ここ一週間のワイドショーの見出しだとかを思い出せないことは正常な範囲だと思っていた。

ところが、その記憶の中の空白はあいつによって不法占拠されていたのだ。いったいどれぐらい前からのことなのかはわからないが、あいつはずっと僕の人生につきまとっていたんだ。

思い返せば、妙なことはいっぱいあった。自分でもどうして、そんなことをしたのかわからないことをやってしまっている時があった。

絶対遅刻をしてはいけない日に限って、いつの間にか、目覚まし時計が切られていた。いつの間にか、大切な彼女を怒らせるような言動をとっていたこともあった。一番大きなことは受験勉強を妨害されたことだ。普通なら、絶対マスターしておくべき分野に全く手を付けていなかった。後でスケジュール表を確かめると、ちゃんとその部分の学習は終わっていることになっていた。僕の知らない間に僕の時間が盗まれていたのだ。そして、二時間あったはずの試験時間は主観的には二十分ほどしかなかった。あとの時間はあいつが無駄に費やしていたんだ。当時、僕はすべてを自分の性格や運のせいにしていた。

しかし、あいつが表立って僕に攻撃を仕掛けてくるようになって状況が変わった。今までのように僕に気付かれないようにして、こそこそ僕の妨害をするのに飽きてしまったのか、自分の存在を知らせた方がより効果的に僕を苦しめられると考えたのか、理由はよくわからない。ただ、はっきりしているのはあいつは僕に対して、全く好意的ではないということ、そして僕にとってあいつの攻撃を避けるのはとてつもなく困難だということだ。

これは一つのゲームに例えることができるかもしれない。ただし、厄介なことに僕にはゲームの勝ち方がわからないだけではなく、ゲームのルールに関する知識すらないことだった。

僕たちがやっているのは将棋やチェスのような相互に一手ずつ自分の戦略を公開していくゲームなのか、それとも麻雀《マージャン》やポーカーのように最後の瞬間まで自分の戦略を隠して行うそれなのか？

いや。最悪の場合、あいつは自分の配役を隠し、僕だけが手の内をすべて公開しているゲームをしている可能性もある。しかも、そのことを確認する手立てすらないときている。今こうしている時もあいつはずっと僕の意識の流れをモニターしているのかもしれない。あいつに僕の一挙一動が筒抜けになっているとしたら、僕に勝ち目はまったくないことになる。僕があいつを封じるための素晴らしいアイデアを思い付いたとしても、その瞬間それはあいつの知るところとなってしまう。逆にあいつは僕に全く関知されずに、悪巧みをし、悪事を実行することができる。

ただ、僕にもほんの僅《わず》か希望はある。あいつの意識が覚醒《かくせい》している時、僕の意識が眠っている。それと、同じく僕の意識が起きている時はあいつの意識は眠っているという可能性だ。根拠はある。もし、あいつが僕の意識を覗《のぞ》くことができるなら、そのことを臭わすだけではなく、はっきりと明確な証拠を見せるはずだ。その方が効果的に僕を追い込むことができる。もし、僕があいつの意識を覗くことができたなら、きっとそうしてやる。あいつしか知らないはずのあいつが心の奥底で考えていることを公開してやるんだ。そうできたら、どんなにか幸せだろう。いつか、そんな日が来ることをずっと祈っている。可能性がないとは言い切れまい。この病気のことはほとんどわかっていないのだから、どんな病状の変化があるのか予測できない。

逆にやはりあいつはすべてを握っているのではないかという不安も常に存在する。あいつは常に覚醒していて、僕を冷ややかに観察しているのではないか。それどころか、あいつは自分の出番と僕の出番を自由に決定する権限さえあるのではないか。

多重人格を扱ったドラマやドキュメンタリーなどでは、どの人格が登場するかについて、それぞれの人格にある程度決定できるかのように述べられていることが多い。

「今、出ているのは、ベスかな？　それとも、メアリー？」

「僕はトムだよ」

「やあ、トム、久しぶりだね。頼みがあるんだが、聞いてくれるかな？」

「ああ。僕にできることならね」

「ジェインを呼び出して欲しいんだ」

「どうかな？　彼女は凶暴だから、関わり合いになりたくないよ。どっちにしても、僕には彼女の説得なんかできないけどね」

「誰なら彼女を説得できる？」

「そうだね。ナンシーならできると思うよ。彼女は全員のまとめ役だからね」

ところが、僕にはこんな経験は全くない。自分が出ていく時もひっ込んでいく時も全然意識していない。ちょうど、眠りにつく瞬間を意識できないのと同じように、あるいは夢の始まりを意識できないのと同じように人格の変わり目を認識することはできないのだ。突然、見知らぬところで、覚えのない動作をしている自分を発見したという記憶もない。もちろん、人格の変換は頻繁に起こっているはずなのだが、潜在意識を共有しているためか、行動や記憶の連続性は保たれているようだ。

あるいは誰の視野の中にも必ず存在している盲点を誰も認識できないのと同じ効果が働いているのかもしれない。脳の中の記憶システムが不連続な記憶の切断面どうしを滑らかに自然に繋《つな》ぐ偽の記憶で補完してくれているのかもしれない。

とにかく、僕に人格変換の決定権がないのは明らかだ。だとすれば、残る可能性は大きく三つある。

一つは、自覚の変換はランダムに起こり、誰にも制御できないというもの。

二つ目は、まだ知られていない三番目の（あるいはn番目の）人格が存在していて、彼（彼女）が人格変換を制御しているというもの。

そして、最後にして最悪の可能性はあいつが人格変換の決定権を持っているというものだ。

これは悪夢だと言ってもいい。あいつは常に存在していて、僕はあいつが望んだ時だけ、存在することが許される。

俳優たちはいろいろな役をこなす。Aという俳優がBという役を演ずる場合でも、Aは自分がAだということを忘れてしまうわけではない。また、観客も彼がAだということを知っている。しかし、AはBを演じている間は心の何パーセントかをBの人格にあけわたしていると考えることはできないだろうか？　そして、観客の心の何パーセントかはAのことをBであると信じているのではないか？　つまり、ドラマとは役者と観客が協力してバーチャルな人格を作り上げる作業なのではないだろうか？

さて、ここで問題だ。AはBを演じている間も自分がAであることを心のどこかで認識しているはずだ。そうでなければ、台本に沿った演技をすることも、演技を終了することもできなくなってしまう。それではBはどうだろう？　自分がAによって演じられているバーチャル人格であることに気がついているだろうか？

僕が暇潰《ひまつぶ》しのためにあいつによって演じられているバーチャル人格でないという証拠はあるだろうか？

ノックの音がした。

「彼は非常に論理的な考えができる一方、検証しようのない考えに拘《こだわ》ってしまうことがありました。この二つが結びついた結果、考えは結論に辿《たど》り着くことよりも、むしろ堂々巡りをしてしまうことが多かったのです。自分でもそのことには気が付いていたようですが、このような思考のループを回避する手段はなかなか見つからなかったようでした。過分に自己分析的であるゆえに、かえって治療には困難が伴いました」

僕は用心深く、ドアを少しだけ開け、隙間から外を見た。

「こんにちは」三十歳前後のおとなしそうな男だ。「受信料の徴収に伺いました」

「ああ。それなら、銀行振り込みにしてるんだけど」僕はおどおどと言った。

「いえ。そうじゃなくてですね。衛星放送を見られている場合は料金が変わるんですが、おたくには地上波の分の料金しかお支払いいただいてないので、ちゃんと正規の料金をお支払いいただこうと、そのことをご説明に……」

「え、衛星放送は見てないよ」僕は答えた。

「そうですか？」集金人は話を続けた。「でも、仮令御覧《たとえ》になっていらっしゃらなかったとしてもですね、衛星放送を受信できる設備をお持ちの場合はちゃんと受信料をお支払いいただくことになっております」

「い、いや。設備はないんだ。そ、その、アンテナもチューナーも」寝起きのせいかうまく舌が回らない。

「アンテナはいりませんよ。このアパートはこの規模には珍しく衛星放送アンテナも共同になってますからね。チューナーさえあればすぐに見られますよ。どうですか？この際、購入されますか？」

「い、いや。こ、今度にしておくよ。その、つまり、金がないんだ」本当のことだった。

「そうですか？　衛星放送用チューナーがない」集金人は繰り返した。「まあ、別に疑ってるわけじゃないんですがね」集金人はドアの隙間から、家の中を窺《うかが》うような素振りを見せた。

「わかったよ!!　それほど言うなら、ちゃんと確認してくれよ!!」僕の中に突然、激しい怒りが込み上げてきた。

僕はいつも正直に生きてきているのに、どうして疑われなきゃならないんだ！　どうして僕だけみんなに嘘つき扱いされ、その上、悪質な性格の別人格に翻弄《ほんろう》されるような目に遭う必要があるんだ⁉　前世でよっぽど悪いことをしたとでもいうんだろうか？

でも、僕とあいつの前世って共通なんだろうか？　もしそうだとしたら、僕だけが苦しんで、あいつがのほほんとしているのは不公平じゃないか！　僕はこれっぽっちも疚《やま》しいことはしていないのに！

僕は集金人の腕を摑《つか》むと、部屋の中に引き摺《ず》り込んだ。

「あわわわわ」集金人は突然、腕を引っ張られて、慌てふためいている。「危ないじゃないですか。やめてくださいよ」

「チューナーがないことを確認してもらうだけだよ」

「わかりました。わかりました。あなたはチューナーをお持ちでない。ちゃんと納得いたしました」集金人は情けない声を出した。「おわっ！　なんだ、この部屋は‼」

部屋の中には主にインスタント食品の発泡スチロール容器と古雑誌からなるごみが隙間なく積み上げられていた。集金人が驚くのも無理はない。

だが、僕は構わず、集金人の腕を引き続けた。「いいや。納得していない。あんたはこの場から逃れたいばかりにいいかげんなことを言っているだけだ。ああ、それから部屋に上がる前に靴を脱いでくれよ」

「ち、ちょっと待ってください。ドアのすぐ内側まで、ごみが溢《あふ》れかえってますよ。いったい、ど、どこで靴を脱げばいいんですか？」いつの間にか、集金人の方がおどおどし始めている。

「今、立っているところでいい。それから、スリッパはそこにある」僕は玄関の横で、ごみの下敷きになった平べったい緑のものを指差した。

集金人は一度はそれを手にとったが、「ひゃっ！」と叫んで、手から落とした。「なんですか、このぬるぬるした黴《かび》のようなものは？」

「ぬるぬるした黴だろ」僕は集金人を急《せ》かした。「スリッパが嫌なら、素足のまま、こっちに来てくれ」

「ひゃっ！」集金人がまた叫んだ。「今、踏んづけたカップの中にまだ汁が残ってましたよ」

「よし、ここでいい」僕は集金人の言葉を無視した。「ちょうど部屋のど真ん中だ。台所もちゃんと見えるだろ。ちょっと、待ってくれ。今、押し入れとトイレを開けて見せるから……どうだ。僕の部屋はこれで全部丸見えだ。猫の子一匹隠す場所もない。どこかにチューナーがあるか？」

「ええと」集金人はテレビに近付いた。「リモコンはどこですか？」

「ないよ。とっくの昔になくしてしまった。この中のどこかに埋まってるとは思うんだが……」

「なら、結構です」集金人はおざなりにテレビのスイッチを入れた。

見慣れた清涼飲料水のコマーシャルがブラウン管に映る。

「ふむ。このテレビはチューナー内蔵型ではないようですな」どうやら、ちゃんと調べてくれるつもりになったらしい。「ええと、一応台所も……ひゃあ!!」

ああ、そう言えば、流しに鳩がいたんだっけ。

「ああ、あの、あの、鳥ですか? 鶏《とり》ですか? 料理ですか? ああ、そうですね。変わった料理の方法ですね」集金人の声はうわずり、視線はふらふらと部屋の中を泳いでいたが、ふと冷蔵庫の上のノートに目が止まった。ちょうど、あいつがサイコ風の書き込みをしているページが開いている。集金人は目を見開いた。

はて。僕は思い悩んだ。きっと、この男はパニックに陥りかかっているに違いない。ちゃんとした説明をして安心させる必要があるのではないだろうか?

ちょっと、びっくりしたんだろ。当然さ。部屋の中はごみだらけだし、流しには嘴《くちばし》をもぎ取られて血まみれになった鳩がいるし、ノートにはおかしい書き込みがしてある。でも、全然不安になる必要なんかはないのさ。全部ちゃんと理由があることなんだ。多重人格って知ってるだろ。「二十四人のビリー・ミリガン」とかさ。「ジキルとハイド」とか。つまり、そういうことなんだよ。僕の中には僕以外の人格がいてね。そいつはちょっと凶暴なところがあって、時々動物を虐殺したり、ノートに馬鹿なことを書き連ねたりするんだ。もっとも、部屋の中がごみだらけなのはあいつのせいだけとは言えないけどね。

そう言えば、安心してくれるだろうか？　安心するよりは、より不安になって警戒する可能性の方が高いような気がする。まあ、ある意味、それで正解なんだろうが。

ピッピッピッポーン。

正午の時報だ。正午の時報？

「正午の時報だ!!」僕は大声で叫んだ。

「わわわっ。なんですか!?」集金人も叫んだ。

「しまった。すっかり忘れていた」僕は舌打ちをした。「悪いけど、この続きはまた今度にしよう。今日は大急ぎで出かけなくてはならない」

「そんな。いくらなんでも勝手過ぎますよ」集金人は泣きそうな声を出した。

僕は集金人を無視して、ごみの山の中からなんとか着ていける程度の服を探し、その場で着替えた。ぐずぐずしている時間はなかった。すでに約束の時間は過ぎている。駅まで全速力で走れば三分ぐらいだろう。十二時五分の電車には間に合う。少々、電車の音が煩《うるさ》くても駅の近くに住んでいる甲斐《かい》があったというものだ。もっとも、今から急ぐことに意味があればの話だが。

僕は財布とノートを引っ掴むと部屋から飛び出した。集金人も慌てて、部屋から出る。僕は即座に鍵《かぎ》をかけて、階段に向けて走りだした。

「あの、今度っていつでしょう？　また来なきゃならないんでしょうか？」

集金人の心の叫びを背中に聞きながら、階段を駆け下りた。

ホームに駆け上がった時、電車はすでにドアを閉め始めていた。僕はドアの隙間目掛けてヘッドスライディングを強行した。


「第二の人格に固有名詞がついていない理由を彼に尋ねたことがあります。彼は不思議そうな顔をして逆に尋ねてきました。なぜ、それぞれの人格に名前が必要なのか、と。

『わたしや、あなたに名前があるのと同じよ。〔敵対者〕にも名前が必要だとは思わないの？』わたしは答えました。

『僕と先生は別々の体を持っています。だから、名前も別々なのは当然です。でも、あいつと僕は同じ体を共有しているんです。名前は一つで充分です』

『名前は肉体についているのではないわ。それぞれの心――つまり、人格につけられているとは考えられないかしら?』

『先生、これは何でしょう?』彼は自分が座っている椅子を指差しました。

『椅子よ』

『〈椅子〉というのはこの物体の人格に付けられた名前ですか?』

『これはうまくひっ掛けられたわね』わたしは苦笑しました。『確かに〈椅子〉という名前は物体としての椅子を指し示すわ。でも、それは普通名詞だからよ。わたしは固有名詞について話しているのよ』

『富士山《ふじさん》に人格はありますか? 東京タワーには? ジェーン台風には? ハレー彗《すい》星《せい》に人格はあるのですか?』

『ある、と言ったら、どうするつもり?』

『別に。根拠は何かと尋ねるだけです。ところで、本当に今言ったものに人格があると考えているのですか?』

『いいえ』

『人格というのは脳内に蓄積された学習や条件反射や条件付けなどのソフトウェアが統一的に活動する時に見掛け上、仮定されるものです。僕の場合、それらのソフトウェアの統一性に障害があらわれているわけです。ところで、人間の名前はそれらの脳内で互いに連動して働くソフトウェアのグループごとに付けられているのではないのです。その証拠にまだ人格が形成される前の段階である嬰児《えいじ》にも名前を付けているではないですか。同じ物体に別々の固有名詞を付けることは無意味で、不効率なことです』」


電車のドアは僕のウエストの辺りをかなりの勢いで挟んだ。

「ぐえっ！」僕は、小学生に後ろ足を摑《つか》まれて内臓を吐き出すまで強くコンクリートに叩《たた》き付けられた蛙の様な声を出した。

車内はそれほど込んでいるわけではなかったが、座席はほぼいっぱいで、立っている人間もちらほらいる。何人かは驚いたようにこっちを見ていたが、ほとんどの客は気が付いていないのか、気が付かない振りをしているようだった。

僕の下半身はまだホームにあって、つま先立ちをしている。上半身は車両の中にぴんと張り出している。われながら異様な状況だ。

ドアはしばらくそのままの状態で停止していた。すぐ開くものとばかり思っていたが、その気配がないので、少し焦ってきた。とにかく、深呼吸をして落ち着こうとしたが、脇腹を強く押さえ付けられているので、息が吸えないことに気が付いた。僕は取り乱しそうになったが、こんな時に無闇に暴れては血液中の酸素を無駄に消費してしまう。横隔膜を小刻みに動かし、短く浅い息を繰り返す。なんとか、うまくいきそうだ。上半身を真っ直ぐに保つのにも疲れてきたので床に向けてだらりと垂れ下がる格好にした。

ドアが開いた。

僕は列車の床にキスをしていた。

誰かが、僕の足首を摑んでホームに引きずり出そうとしている。そんなことをされては堪《たま》らない。僕は足をばたつかせ、同時に匍匐《ほふく》前進をし、列車の中に転がり込んだ。空気の漏れる音がした。ドアが閉まったのだろう。電車の運転音とゆっくりとした加速を感じた。僕は顔を上げた。全員がいっせいに顔をそらす。僕は無言で立ち上がると、もともとたいして綺麗《きれい》でもなかった服とズボンの埃《ほこり》を払い、咳払《せきばら》いをした後、入り口の近くの手摺《てす》りにもたれ、じっと俯《うつむ》いた。

「彼と『敵対者』とのコミュニケーションは一冊のノートを通じてのみ、行われていました。彼には『敵対者』の人格が彼の体と意識を支配している間の記憶はまったくないそうです。『敵対者』についてはよくわかりません。ただ、時々ノートに書いた文章の中で、彼の記憶にアクセスすることが可能であることを匂わせたり、実際に彼の行動を事細かく書いてみたりすることはあったのですが、どうも決め手にならないような気がしました。『敵対者』が自分から書く時はほぼ間違いなく、事実にあっているのですが、彼の方から『敵対者』に、例えば昨日の何時頃は何があったかと尋ねると、時には正解する時もあったのですが、的はずれなことを言ったり、回答することを避けるような反応も多く見られたからです。おそらく、『敵対者』が彼の記憶を持っているとしてもかなり限定されたものだと推測されました」

その日は、アルバイトの採用のための面接があったのだ。職場は駅前のコンビニエンスストアで、面接もそこで十一時半から行われる予定だった。

いままで、何度もアルバイトを始めてはいたが、何日もしないうちに、あいつが妨害を始めるため、長続きはしない。それでも、僕はなんとか次の仕事を見付け、今まで食い繋《つな》いできた。ところが、近ごろでは近所では僕の悪い噂が広まっているため、めっきり採用してもらえることが少なくなってしまっている。ようやくのことで、かなり離れた場所で見付けたアルバイト先だったのに……。目的の駅に着くまでの乗車時間は約四十五分。どんなに急いでも、コンビニエンスストアに辿《たど》り着くのは一時前になってしまう。あいつの妨害を待つまでもなく、まずい状況になってしまった。

いや。すでに、あいつの妨害は始まっているのかもしれない。鳩は僕の精神状態を攪乱《かくらん》させて、今日の約束を思い出させないようにするための工作だったんじゃないだろうか？

ふつふつと怒りが込み上げてきた。僕はノートを広げ、不安定な姿勢のまま、車内で書き込み始めた。

おまえの企《たくら》みはすべてわかってるんだ！　あの鳩は僕の頭に血を上らせて、今日の面接のことをすっかり忘れさせるためだったんだろ。おあいにくさま。僕はちゃんと覚えていたさ。時間通りに、電車に乗れたよ。

とにかく、もうこんなことはやめてくれ。僕の就職を妨害したって、おまえにはなんの得もないじゃないか。結局のところ、おまえだって僕の収入で食ってるんだから。それとも、おまえはおまえでどこかで働くつもりなのか？　それだったら大歓迎だ。好きにしてくれ。

おまえがどうしてここまで執拗《しつよう》に僕を攻撃するのか、理由が全くわからない。僕とおまえが同一人物だということがわからないわけではないだろう。たとえ、完治しなくったって、互いに相手を尊重した生活を続ければ、問題は起こらないはずだ。

いったい、おまえはなぜ存在し始めたんだ？　一説によると、多重人格障害は幼児期の虐待によって、発症するという。僕自身は眉唾《まゆつば》ものだと思っているんだが、虐待から逃れるため、それを体験する別の人格を作り出すのだそうだ。まったく、おかしな話だ。虐待を背負いたくないなら、その記憶だけ消去すればいい。そんな都合よく記憶が消せるわけがないというなら、別の人格を作り出すことの方がもっと困難に思える。あるいは、虐待の間だけ、人格を消してしまってもいいはずだ。それ虐待を体験するためにわざわざ人格を作る必要がどこにあるというんだろう。それに新しく作られた人格もまた虐待されて嬉《うれ》しいわけはないから、次々と新しい人格が生み出されることにはならないだろうか？　結局、その人間の精神は細かい断片の集まりになってしまう。それぞれの人格が人間としての特性を保持し得るとはとても思えない。

だいいち、僕には虐待された記憶なんか全くない。もっとも、その記憶は全部おまえが持っているという考えも成り立つが、だからと言ってそのことを恨みに思って僕に嫌がらせをするのは筋が通らない。攻撃は誰だか知らないが、僕たちを虐待した人物に向けるべきだからだ。

いいか！　今度、こんな真似をしたら、ただでは置かないぞ!!　僕にだっておまえを苦しませることはできるんだ。なんのために精神科に通っていると思ってるんだ!?　薬を使えば簡単におまえを消すことができるんだ。おまえなんか、消えてしまえばいいんだ!!　消えろ!　消えろ!　消えろ!　消えろ!　消えろ!　消えろ!　消えろ!　消えろ!　消えろ!　消えろ!　消えろ!　消えろ!　消えろ!　消えろ!　消えろ!　消えろ!　消えろ!　死ねしね悪霊退散悪霊退散悪霊退散臭い臭い臭い臭い悪霊退散悪霊退散悪霊退散臭い臭い臭い臭い臭い臭屍羸黐魘魑魎魍魃魄毚擘尿螝𩂯朔皿〜〜

はっと気が付くと、僕は読み取ることもできない文字をうねうねとノートに書き連ねていた。全身汗びっしょりになっている。口の中が乾いてからからだ。近くの座席に座っていた中年女性が怯《おび》えたような目で僕を見ている。

様子がおかしかったんだろうか？　何かわけのわからないことを呟《つぶや》いてでもいたんだろうか？

僕の手からノートが滑り落ちた。乗客の視線が一瞬、床の上のノートに集まる。僕は慌ててノートを拾い上げた。視線は集まった時と同じく、瞬時にして方々に散っていった。

なんてことだ。僕までもがこんな文章を書いてしまった。やはり、僕もあいつと同じ病気にかかっているんだろうか？　それとも、今ここで、一瞬だけ、あいつが出てきたんだろうか？　いや、そんなはずはない。僕の記憶にとぎれはなかった。きっと、あいつのメッセージに影響されて、ほんの少し精神に変調が出たんだ。たいしたことはない。休養をとればすぐに回復するはずだ。

電車はホームに入ろうとしていた。時刻は十二時五十分。少なくとも電車の遅れはなかったようだ。

僕はドアが開くと同時にホームに飛び出し、改札に向けてダッシュした。自動改札を避け、改札係に切符を投げつけるようにして駆け抜け、コンビニに突っ込んだ。

「いらっしゃいませ！」レジにいた五十がらみの男が明るく声をかけてきた。

「あ、あの……」

僕が喋《しゃべ》りかけた時、店内にいた若い女性客がレジの前に立った。男は一瞬ちらりと僕を見た。僕は素早く後ずさった。このような状況ではそうするのが、最善のような気がしたからだ。

面接に遅れた言い訳のために客を待たせたりしたら、火に油を注ぐことになるかもしれない。それに、この男のにこやかな様子を見ている限り、それほど気難しいようには思えない。案外、怒ってなどいないのかもしれないじゃないか。

女性客への応対が済む前に、次の客が後ろに並んだ。その客を待っている間にさらに次の客がやってきて、僕の後ろに並ぼうとした。店内を見ると、五、六人いる客がほぼいっせいにこちらにやってくる。

ここにいると、客の列に混乱が生じる。そう判断して僕はレジから離れた。雑誌を見たり、食料品を見るふりをしながら、ちらちらとレジを窺《うかが》って、客がいなくなるのを待っている間に、面接に来たと言い出しにくくなってしまった。しかたがないので、カップラーメンを持ってレジに向かう。

「はい。いらっしゃい！」男は明るく声をかけ、ほほ笑んだ。「ええと。そのノートは持って入られた分ですね」

どうやら大丈夫のようだ。

「あっ、はい、そうなんです。もう使ってあるノートです」一呼吸置く。「あの……店長さんですか？」

「えっ。一応、わたしがここの店長ということになってますが、何か？」男はカップラーメンを赤いレーザ光にかざした。

ピッという電子音が店内に響く。

「ええと。バイトのことなんですが……」僕は口ごもった。

「バイト？　ああ。先週まで貼ってたバイト募集の貼り紙のことですか？　うーん。

どうしようかな？」

「えっ？」

「いや。あれはもう決まったんですよ。というより決まってたんですが」店長は困ったような顔をした。「どうも。怪しくなってましてね。先方から連絡がないんですよ。それで、まあ、はっきりしたらこちらから連絡を差し上げますから、電話番号か何か教えといて貰《もら》えますか？」

「ええとですね」僕は勇気を奮い起こした。「僕がそれなんです」

「ああ。そうですか。……ええと、なんですって？」

「僕は今日面接する予定になっている者なんです」

カップラーメンを袋に入れようとしていた店長の手が止まった。途端に表情が険しく変化していく。あまりに見事な変化ぶりだったので、特撮映画を見ているみたいだなと思った。

「俺、何時って、言ってたかな？」店長の声はたっぷり一オクターブは低くなった。

「この間、お電話した時には、十一時半とおっしゃってました」

「よかった。心配になってたんだ。俺が間違った時間を教えたんじゃないかってな。なにしろ、午前のバイトは十二時には帰っちまうし、夕方になるまで次のバイトはこない。その間は俺一人でこの店を見なけりゃいけない。十一時半までに来てもらわないと、面接なんてとうてい無理なんだよ。わかるな」店長はカップラーメンが入った袋をぽいっと、横に投げた。

「はい。わかります」

「遅れたのには、何かちゃんとした理由があるのか？」

「受信料の集金人が……」

いや。これは言い訳にならない。集金人が一時間も粘ることはあり得ない。では、本当の事を言おうか？　朝起きたら、流しで鳩が死んでいたんですよ。そして、このノートを見せる。実は僕、多重人格なんです。この別の人格がいつも、僕の邪魔をしようとしているんです。今日、ここに来るのが遅れる理由になった鳩もそいつがやったことなんですよ。だから、僕は何にも悪くはないんです。

「なんだよ。はっきり言ってみろよ」店長は睨《にら》む。

僕は無言で俯《うつむ》いた。言い訳はできない。本当のことを言えば逆効果になってしまう。

「すみません。二度と遅刻はしません」僕は頭を下げた。「だから、採用してください。ここで雇って貰えないと、今月の家賃も払えないんです」

「泣き落としかい？　あいにくだが、俺にはそんな手は使えない。うちだって、苦しいんだ。かつかつでやってるんだ。本当なら、これ以上バイトを雇う余裕はないんだ。だけど、二十四時間コンビニにするために、しかたなく雇うことにしたんだ。ここでバイトをしたいってやつは大勢いる。みんなそれなりに事情があるんだろう。その中で面接に遅れてくるようなやつをわざわざ選んでどんな得がある？」

「これからは心を入れ替えます！」僕は土下座した。「給料も一割……いや、二割引で結構です。それで、普通の倍、働きます。どうか僕を雇ってください」

返事はなかった。

僕は土下座を続けた。

客が入ってきた。僕からできるだけ離れるようにして、店の奥に向かったのが気配でわかった。

また、ドアが開いた。今度の客は僕を一目見て、入らずに去っていった。

ちっ、という店長の舌打ちが聞こえた。

さっき入った客が品物を持ってレジに向かう。

店長は客の応対をしている。僕には一言も声をかけてこない。

僕は土下座を続ける。

涙が一粒床に落ちた。

どこかから、一時の時報が聞こえた。

「カウンセリングは毎週火曜日の午後一時半から行っていました。時間は四十五分間です。もちろん、事件当日も予約されていましたが、彼は三十分近く、遅れてやってきました。コンビニエンスストアのアルバイトの面接にいってたそうです。面接は十一時半からの予定でしたが、『敵対者』の妨害で一時間半近くも遅刻してしまったということでした。カウンセリングの予約のことは一時の時報を聞いたことで思い出したそうで、結局アルバイトは諦《あきら》めてすぐタクシーで病院まで来たということです。気の毒なことにタクシー代で彼の全財産が消えてしまったそうですが」

「どうして、コンビニのアルバイトを諦めたの?」女は微妙な笑いを口元に浮かべながら尋ねた。

「病院に遅刻しそうになったからです。今日、行けなかったら、また一週間も待たなければなりませんからね」僕は唇を嘗《な》めた。「コンビニの前で拾ったタクシーはこの病院のことを知らないって言うんで、ずいぶん焦りましたよ。結局、ここの向かいの喫茶店のことを知ってたんで、なんとか来れたんです。……ところで、今日は遅れた分、延長してもらえるんでしょうか?」

「それは駄目よ。例外は認められないわ」女の真っ白な肌の上で朱《あか》い唇がまるで別の生き物のように蠢《うごめ》く。「次の患者さんのカウンセリングまでの空き時間を使っても、あとせいぜい二十分てとこかしら」

「わかりました」僕はすんなり諦めた。この女に強く主張することはどうしてもできないような気がしたからだ。

「それで、さっきの続きだけど、アルバイトより病院を選んだ理由は何？」女の顔や体の輪郭は背後の白い壁に紛れてはっきりしない。黒い髪と瞳《ひとみ》と朱い唇だけが宙に浮かんでいる。膝《ひざ》の上には僕のノートが広げられているはずだが、組んだ白い足が妙にちらちらしてよく見えない。

「病院というよりも、先生を選んだんです」僕は少し笑った。「時報を聞いた途端、僕はあいつの本当の企《たくら》みに気が付いたんです」

「鳩を流しに置いたことの？」

「そうです」僕は頷《うなず》いた。「最初、あいつの目的はバイトの面接に遅刻させることだと思っていました。でも、実際は違ってたんです。コンビニの店長にずっと謝り続けていれば、そのうち許して採用してくれたはずです。ただし、今日のカウンセリングは諦めなければならないことになります。あいつはそれを見越していたんですよ」

「ふうん。そういうことね」朱い斑点《はんてん》が宙を飛び、女の髪の毛に埋まる。髪はゆっくりと波をうつ。女が朱いマニキュアを塗った爪で髪をとかしたのだ。「でも、逆のパターンもあり得るんじゃないかしら？　ここに来るためにはバイトを諦めなければならなかったんでしょ。そして、あなたは現にそうした。これが『敵対者』の本当の目的だったということにはならないかしら？　つまり、あなたがここに来ることを見越してすべてを計画したということに」

「僕もそれを考えました。しかし、あいつには僕の就職を邪魔する理由がない」

「あなたを苦しめること自体があいつの目的だと前にあなたは言ってなかったかしら？」マニキュアが女の頬の辺りをなぞる。

「それはそうですが、バイトとカウンセリングを比較してみれば、あいつの目的はカウンセリングを邪魔することにあったのは間違いありません。バイトを邪魔することであいつが得るものは嫌がらせをしたことによるささやかな満足感だけです。しかも、僕の収入の道を閉ざせば、あいつだって干乾しになってしまう。それに引き換え、病院に行けなくなれば、あいつにとって最大の恐怖である『消滅』から、逃れることができる」

「『消滅』ですって？　何が消滅すると言うの？」女の瞳が大きくなった。睫《まつげ》が上に持ち上がる。

「あいつですよ。先生はそのために僕を治療しているんでしょ」

「あなたを治療しようとしているのは確かよ。でも、『敵対者』の消滅が唯一の解決策ではないわ。そんな思い込みは持って欲しくないわ。あなたにも――『敵対者』にも」

「そうですか」僕はため息をついた。「僕はてっきり、先生があいつを退治してくれるものだとばかり思い込んでいました」

「理想的には人格を統合することが望ましいとされているわ」女は瞬《まばた》きをした。目の輪郭はうっすらと朱いので白目と肌の境目がわかる。

「あいつと統合されるのなんかまっぴらですよ」僕は強く抗議した。「そんなはめに陥るぐらいだったら、一生このままの方がましですよ」

「確かに、あなたの言う通りだとしたら、『敵対者』はかなり偏りのある性格のようね。ただ、だからと言って、一つの人格を抹殺してしまうというのはうまくないわ。『敵対者』がそのような性格の人格として誕生したのには何か原因があるはずだわ。その原因を摑《つか》まないまま、彼を抑圧しても、また別の症状が現れるかもしれない」

「つまり、僕自身があいつのような性格破綻《はたん》者になると?」

「そんなことは言ってないわ。いずれにしても、今この状態ですぐに統合させることはないから安心してちょうだい。あなたの場合、単純な多重人格障害とは思えないの。それに、『敵対者』の心理状態についても、もっと分析が必要だわ。少なくとも、現在まで犯罪行為には至ってないところをみると、あなたが言うほど凶悪ではない可能性もあるしね。なにしろ、あなたと『敵対者』の間のコミュニケーションは唯一、このノート……」女がはっと息を飲むのがわかった。「このノートを最後に書いたのはあなただと言ったわね」

「そのはずです。確かに最後のあたりはほとんど記憶はしていないのですが、僕が書いたものだと思います」

女は少し震えているようにも見えた。最後の部分は自分でもまともな文章ではないのはわかっていたが、震えるほどのことはないだろうに。

「あなた恋人はいる?」心なしか女の息が荒くなったような気がする。頰がうっすらと桃色を帯びているし、僕の顔にかかる吐息に微《かす》かに湿り気の匂いを感じる。

「いいえ。そんなものあいつがいる限り……」僕の心にひっ掛かるものがあった。

「どうしたの?　何か心当たりがあるのね」

「いや。たいしたことじゃないんですが、そう言えば昨日の夜遅く、女性が訪ねてきました」

「知り合い?」

「違います。知らない女性でした。誰かと尋ねると、僕の名前を出して会いにきたといいました」

「その女性はあなたのことを知っているようだった?」

「うーん。そう言われると、知っているような素振りをしていたような気もしますが、よくわかりません」

「それでどういうわけであなたに会いたいと言ったの？」

「一晩、僕の恋人を務めてくれるとかいうことでした。おおかた、あいつが悪ふざけをして、その手の女を呼んだんだと思って、部屋の中には入れずに追い返しました。それから、夜中に何度かノックがありましたが、無視しました。今から思うとあれも、ここに来させないためのあいつの陰謀に違いありません」

「すぐに家に帰って」女はがたがたと震えていた。

「わかっています。もう時間ですからね」

「そうじゃないの。家に帰ったら、しばらく一歩も外に出ないようにして、それから部屋のドアに貼り紙をしておきなさい。『昨夜、ここにこられた方へ。すぐにここから離れてください。そして、二度とこの辺りに近付かないでください。身の回りに不審なできごとがあったら躊躇《ちゅうちょ》せず、警察に連絡してください』ってね。ああ、それから、ここの連絡先も書いておくのよ。まだ、間に合えばいいんだけど」

「いったい、どうしたって言うんですか？」僕は女のうろたえぶりに面食らってしまった。こんなことは初めてだ。

「この最後のページを見てちょうだい。あなたの最後の書き込みの次のページよ」女はそのページを開き、僕の顔の方へ突き出した。

そこには鉛筆書きで、胸の悪くなるような絵が描かれていた。これほど不気味な絵が鉛筆だけで描かれたことが信じられなかった。

ノートの見開きいっぱいに裸の女の絵が描かれていた。全身、切り傷だらけで、大量に出血している。目と口は開かれたままだ。その顔は昨晩の女性に見えなくもない。そして、その絵と重なるように大きな乱暴な文字が書かれていた。

おまえの恋人

「従来から多重人格障害として知られている多くの症例と比べて、今回の場合はかなりの相違点がありました。まず、当初から多重人格としての自覚症状を患者の方から、訴えているということ。たいていの場合、患者は最初は別の病気と考えられているのが普通です。次に、第二の人格が精神科医の前に全く現れないという点です。複数の人格が確認できてこそ、多重人格と呼べるわけですから、この場合本当に多重人格であると断定するのには問題があります。

では、多重人格障害でないとすると、他にどんな可能性があるかというと、妄想

——この場合は多重人格妄想と呼ぶことができるかもしれません——であるということが考えられます。ただ、例えば、『憑依《ひょうい》』と『憑依妄想』ならば、その違いは明らかなのですが、『多重人格であること』と、『自分が多重人格であるという妄想を持っていること』の区別は容易ではありません。

彼の言うことを信じるなら、自分でそれと意識せずに、ノートに『敵対者』として書き込みを行うことがあるわけですから、その時には『敵対者』の人格が現に存在しているとしか考えられないのです」

どうやら、あいつはあいつ独自の論理で動いているらしい。見せしめのためなのか、それとも復讐《ふくしゅう》のつもりなのかは知らないが、あいつは僕の恋人を殺すことに決めたんだ。しかし、僕には恋人なんかいやしない。普通なら——殺人を計画する時点ですでに普通ではないが——そこで目標を変えるはずだ。しかし、あいつは目標を変えずに「僕に恋人がいない」という現実の方を変えようとした。あいつは僕と肉体関係を持った女性はすべて僕の恋人と見做《みな》すことにしたらしい。実際には彼女とは何もなかったが、それは重要なことじゃない。重要なのは、あいつがあの女性に僕の一晩の恋人になるよう依頼をしたということと、それが実行されたとあいつが考えているであろうことだ。とにかく、部屋に戻ったら、すぐノートに書かなくてはならない。あの女性は僕と関係を持っていないし、もちろん恋人ではないことをあいつに納得させるのだ。

僕は二階にある僕の部屋へと階段を駆け上ろうとした。

「ちょっと待ってください！」嗄《しゃが》れた声が響いた。

ふり返ると、鼠色の服を着た小男が立っていた。アパートの大家だ。

「あっ、これはどうも」僕は反射的に頭を下げた。ここ半年も家賃を滞納している手前、ぞんざいな態度はとれない。

「どうもじゃないですよ」大家は苦々しげに言った。「いったい、どういうつもりなんですか？」

「あの、今日はちょっと持ち合わせがないんですが、来週にはきっと……」

「家賃のことを言ってるんじゃないですよ。いや。家賃もちゃんと払ってもらいます。払ってもらいますが、その前に共同住宅に住む人間として最低限のマナーは守ってもらいたいもんですな！」大家の語気はだんだんと荒くなる。

僕はまたしても嫌な胸騒ぎがした。

「はあ。何かありましたか？」

「女を連れ込んだでしょ。昼間からぎゃあぎゃあと女の躁《さわ》ぐ声がアパート中に響き渡ってましたよ。それから、水漏れにも気をつけてくださいよ。下の部屋から、トマトジュースだか、キムチ鍋《なべ》のスープだかが漏れてきてるって苦情があったんですよ」

「すみませんでした」僕はとにかく謝っておくことにした。「まだ、漏ってますか?」

「漏れ始めたのは一時頃だったらしいから、さすがにもう止まってるんじゃないかな? とにかく、今度こんなことがあったら、出ていってもらいますよ。それから、下の部屋にちゃんと謝りにいって、もし汚れたものがあったら、弁償しといてくださいよ」

「あ、あの、僕が弁償するんですか!?」

「あたりまえじゃないですか!!」大家はそういうと、さっさと帰ってしまった。

気が重くなった。あいつが何かしたに決まっている。下の部屋に漏れている赤い液体はおそらく、血だろうと思った。きっと、犬か猫を屠《ほふ》ったに違いない。

僕はとぼとぼと階段を上り部屋のドアの鍵《かぎ》をはずし、開いた。

つんとした生臭い空気が塊になって僕の全身を包み込む。部屋の中は真っ暗でしばし何も見えない。カーテンはしまっているようだ。

目が慣れてきて、最初に見えたのはインスタント食品の隙間から見える茶色い液体だった。床のかなり広範囲に広がっている。

屈《かが》んで臭いを嗅《か》いでみる。明らかに血だ。だいたいトマトジュースと間違う方がおかしい。天井から滴り落ちる液体があったら、最初に血液を疑うのが常識だろうに。確かに、天井から滴る血を目撃することは一生に一度あるかないかの状況だろうが、それを言えば、下の階まで漏れるほど大量のトマトジュースを零《こぼ》すことの方が確率的には低いのではないだろうか。

おそらく、大家や一階の住人は潜在意識では血だということに気が付いていたに違いない。しかし、自分の部屋に血の雨が降ったり、自分の持つアパートの一室で大量の出血騒ぎが起きたりするのは、好ましいことではない。だから、彼らの潜在意識はこれが血であるという考えを起こさないようにしたのだ。人はみな自分にとって望ましくないことは認めようとしないものだ。

できるなら、僕もこれを血でなく、トマトジュースであると信じてみたかった。

僕は半開きのままになっていたドアを大きく開け放った。明るい外の光が陰鬱《いんうつ》な室内に差し込む。茶色の液体が一瞬で目を見張るような鮮烈な真紅に変わる。床に溜《た》まっている液体は流れてはいなかった。すでに出血は止まっているのだろう。血は徐々に床に吸い込まれて、一部は下の部屋に滴り、一部はこの部屋の床と下の部屋の天井の間のどこかの隙間で乾いて、堅くこびりつくのだ。このアパートが取り壊されるその日まで。

僕は犠牲獣を見ようと視線を部屋の奥に滑らした。

それは思っていたよりも大きかった。僕は何度も目を擦《こす》った。

ノートを見たのは随分前なのに、なぜあの不快な絵の残像が見えるのだろう？

もちろん、それは残像なんかじゃなかった。

灰色の裸体はピンクのそれよりも、妙に現実感があって、エロチックだった。斑《まだら》に赤く染まっている。緑の冷蔵庫をバックにして、灰色と赤はさらに映えていた。大の字になっているのは冷蔵庫に立て掛けてあるからだった。頭だけ起こした形になっている彼女の顔と両乳房と股間《こかん》に発泡スチロールの丼《どんぶり》が被《かぶ》せてある。こんな状況でなければ、笑ってしまいそうになるぐらい滑稽《こっけい》な処置だった。股《また》から流れ出しているのは排泄物《はいせつぶつ》なのか血液なのか。確かめる気にもなれなかった。

僕は部屋の中をゆっくりと前進した。被害者の顔を確かめようと思ったのだ。なるべく死体には近付きたくないので、かなり離れたところから、体を精一杯曲げて顔の上の丼に手を伸ばす。もう少しのところで空振りをし、勢い余った指先が宙を切り、胸の丼に当たり、はね飛ばす。自重で饅頭《まんじゅう》のように潰《つぶ》れてはいるが、生きていた時にはおそらく美しい形状だったと思われる乳房が露出した。乳首まで灰色だ。

僕は躊躇《ちゅうちょ》した後、もう一歩だけ踏み出した。ばりばりと発泡スチロールが砕け、爪《つま》先《さき》に粘る液体を感じる。

僕の指が丼を弾《はじ》く、それと同時にバランスを崩し、僕は彼女の腹に手をついてしまった。想像以上の弾力とぬらりとした感触を覚えた。

髪の毛が顔全体にひび割れのように広がっていた。白目を剝《む》いている。歯の間からは赤黒い舌と何か黄色い吐瀉物《としゃぶつ》がはみ出している。

「ひいいいいいいい！」僕は後ずさった。悲鳴を止めようとするが、自分の意志ではどうしようもない。

血に足をとられ、僕は尻餅《しりもち》をつき、さらに上半身も後ろに倒れてしまった。何かが爆発したような轟音《ごうおん》が響き渡る。強く頭を打ったのか、頭の芯《しん》が震え出す。

「はあああああああ!!」さらに大きな悲鳴が出る。僕は慌てて、口を手で押さえる。鉄の味がする。服とズボンにゆっくりと冷たい液体が染み渡っていく。僕はごみと血の海を泳ぐようにかき分けた。


「興味深い点と言えば、『敵対者』がノートに書き込む内容です。たいていの場合、錯乱したかのように意味のとれない文章や不気味な絵がかかれているのですが、時には意味の通ることがかかれていることもあります。と言っても、患者を中傷する言葉や脅かしなど、とても正常なものとは言えないものばかりですが。

それに対し、彼の方からの書き込みは殆《ほとん》どが筋道だったもので、なんとか『敵対者』を説得しようという意志が読み取れるものばかりでした。それが、最近では彼の書き込みにまで、激昂したような調子や不必要に挑戦的な文章が目立ってきていた。時には、書いている途中で記憶があいまいになるといった自覚症状も現れていたようです。

これは『敵対者』の意識が徐々に彼の意識内へと侵入を開始した兆候だともとれましたが、それよりもわたしは彼の人格そのものが『敵対者』の存在に影響を受け、変質しはじめたという可能性を恐れていました」

「すみません。こんな時間におしかけたりして。でも、先生のところに行くことしか思い付かなかったんです」僕は嗚咽《おえつ》しながら言った。

「別に気にしなくてもいいのよ。今日はたまたま他の患者さんはいなかったから」女は優しくほほ笑んだ。「ところで怪我は大丈夫?」

「怪我はしていません。これは僕の血じゃないんです。ただ、頭を強く打ったので、なんだか妙な感じです」

「どこか痛む?」女は立上がり、赤い爪の真っ白な手で、僕の頭を探った。彼女は灰色じゃない。

「うっ！」僕は呻《うめ》いた。

「たぶん、大丈夫よ。単なる打ち身だと思うわ。心配なら、レントゲンをとってもいいけど」白衣を通して、女の鼓動を感じる。

「僕はどうしたら、いいんでしょ？　警察は僕を探しているんでしょうか？」

「逃げる時、部屋のドアは閉めた？」

「よく覚えてないんです。気が動転していたもので」

「少なくとも、まだテレビでは報道されていないわ。新聞の方はたとえ載るとしても明日の朝刊に間に合うかどうかでしょうね」女の黒い睫《まつげ》がゆらゆらと靡《なび》く。「ただ、報道されていなくても、安心はできないわ。警察に何か考えがあって、発表を控えているのかもしれない。ところで、あなた昼にここに来た時のタクシーの領収書は持ってる？」

「えっ、はい。持ってます。レシートですけど。実家が商売してたもんで、つい習慣になってしまって……。今では確定申告する必要もないんですけど」

「いい習慣ね。そのレシートは大事に持っておいた方がいいわ」

「呑気《のんき》なことを言ってる場合じゃないんです」僕は泣き言を言った。「僕は殺人を犯してしまったんです」

「あなたじゃなくて、『敵対者』がやったのよ。それだって、確実な根拠があるわけじゃない……」

「間違いないですよ。ノートに描いてあった絵にほとんどそのままの格好で死んでいました」

「興味深いわね。『敵対者』は絵を描いてから、殺人を犯したのかしら？　それとも、殺してから、スケッチをしたのかしら？　前者だとしたら、かなり偏執的な行動だわね。死体を自分のイメージ通りにする作業は考えただけでも、おぞましそうだし。後者だとしたら、殺人の後、すぐ逃げもせず、ゆっくり絵を描いてたことになるから、ずいぶんと胆《きも》が据った行動だわ。それとも後で記憶を頼りに描いたのかしら？」

「どっちにしても、一緒じゃないですか」

「一緒じゃないわ。もっとも、今はその違いに決定的な意味は見いだせないけど」女は椅子に座り、白く美しい足を組んだ。「ところで、『敵対者』からはその後、連絡は？　それとも、あなたの方からは何か言ってやった？」

「何も言ってきてませんし、僕からも何も連絡していません」

「妙ね」女は形のいい眉《まゆ》をひそめた。「『敵対者』なら、こんな時、勝ち誇って何かあなたを滅入《めい》らせるようなことを書いてきそうなものなのに……。あなたの方から挑発してみたら、どうかしら？」

「あいつは書かないのではなくて、書けないんだと思います。それに僕も書けない」

「どうして？」

「ノートをなくしてしまったんです。たぶん、僕の部屋の中に忘れてきたんです」

「それは困ったわね。まぁ、現場があなたの部屋だというだけで、あなたへの容疑は充分なんだから、ノートがあったからといってさらにあなたへの容疑が深まるわけではないけど。……でも、連絡できなくなったのは不便だわ。他のもので試してはどうかしら？　メモ帳なら、ここにもいくつかあるけど」

「やめておきます」

「どうして？　あのノートでないとだめな訳があるの？」

「いいえ。そういう訳じゃないんですけど、今はあいつのくそ忌ま忌ましい文章を見たくないんです。それに、あいつとの接触はあのノートの外に広げたくないんです。うまく言えないんですけど、いったんあのノート以外の場所でコミュニケーションが成立したら、歯止めが効かなくなるような気がするんです。のべつ幕無しにあいつとの接触が始まるんじゃないかと不安なんです」

「そんなことには絶対ならないわ」女は白くほほ笑んだ。「でも、気乗りがしないのなら、無理には勧めない」

「有罪になる可能性はあるんでしょうか？　まさか、死刑になったりはしませんよね」

女はしばらくじっとわたしの顔を見つめた後、ゆっくりと話し始めた。「わたしは法律の専門家じゃないわ。ただ、犯行を行ったものが心神喪失状態だったと認められた場合は無罪になると考えてもいいわ」

「でも、その場合、病院に強制入院させられることになるんでしょ」

「責任能力がないと考えられるほどの精神疾患がある場合、当然そういうことになるでしょうね」

「だったら、刑務所と一緒じゃないですか！　僕はゴッサムシティの怪人たちのように扱われるんだ！」

「大丈夫よ。あなたは決して有罪にはならないし、アーカム保護施設に収容されることもないわ」

「いい加減な気休めは言わないでください！」僕は少し興奮して、怒鳴ってしまった。

「いい加減なことは言ってないわ。わたしは確信してるのよ。あなたが捕まることはあり得ないわ」女は真剣な眼差《まなざ》しになった。「いいこと、これからは慎重に行動しなければならないわ。何があろうとわたしの言う通りに行動すると約束してくれる？」

僕は黙って頷《うなず》いた。

「よかった。わたしはこれから電話をしなくちゃいけないけど、終わるまでここでしばらく座って待っていてちょうだい」

僕は半信半疑だった。有罪にもならずに、強制入院もない。そんなことがあり得るんだろうか？　そうだ。彼女は精神科医じゃないか。ひょっとしたら、何かコネがあるのかもしれない。裁判に伴う精神鑑定で医者が僕が心神喪失状態であったと考えられると証言してくれれば、僕はきっと無罪になる。その後、強制入院させられるだろうが、そこで数ヵ月後に完治すればどうだろう？　僕は退院となる。晴れて無罪放免だ。彼女が言ったのはそのことだったんだ。きっと、鑑定医と措置入院指定病院に連絡をとってくれようとしてるんだ。

「もしもし、警察ですか？」女の少し鼻にかかった声が響く。「今日の昼間の殺人事件についてなんですけど、担当の方、お願いできますでしょうか？……そうです。アパートの事件です」

僕は愕然《がくぜん》となった。口は開きっ放しになり、涎《よだれ》が垂れ流しになった。

「ええ。その部屋の住人はここにいます。今から、そちらに出頭してもらおうと考えています」

「うわああああああああ!!」僕は叫びながら、女に飛び掛かった。

なんということだ。僕は騙《だま》されてしまったんだ。警察に売られようとしているんだ。

「待って！　わたしの言うことを聞いてちょうだい！」女は叫んだ。

僕は女の髪の毛を摑《つか》み、頭を机に叩《たた》き付けた。女の手から、受話器が離れ、電話機はふっとんで、床の上を滑った。

「違うの。誤解なのよ。あなたは助かるわ！」

いい加減なことを！

僕は女を蹴《け》り上げ、床に押し倒した。女は受け身をする余裕もなく、そのまま頭を酷《ひど》く机の角にぶつけたようだった。鈍く嫌な音がした。机の脚は赤く染まった。

女は動かなくなった。僕は激しい恐怖に衝《つ》き動かされ、女を残したまま夕闇迫る街に飛び出した。


「わたしは自分の考えに自信がありました。彼は故意に嘘を言っている様子はありませんでしたし、記憶に不確かさもないようでしたから。

ただ、突然襲われた時は、やはりわたしの考えは間違っていたのか、と思ってしまいました。ついにわたしの目の前で『敵対者』へと人格の交替が起きたのか、あるいは彼自身の人格が邪悪なものへと変貌《へんぼう》したのかもしれないと恐怖を覚えたのです」


僕は本当の殺人者になってしまったんだろうか？　少なくとも、もう言い逃れはできない。僕はあいつに体を奪われてはいなかったし、自分で何をしているのかもはっきりわかっていた。僕は断じて心神喪失状態などではなかった。僕は有罪だ。

いや、待てよ。女は本当に死んだんだろうか？　人間がそんなに簡単に死んだりするものだろうか？　ちょっと、気を失っただけかもしれないじゃないか。となると、殺人未遂ということになるのかな？　いやいや、僕には殺意はなかった。せいぜい傷害罪だ。彼女が被害届を出さなければ、罪を免れることさえできるかもしれない。僕はあの時、追い込まれていたんだ。だから、わけもわからず、あんなことをしてしまった。精神科医ならきっと理解してくれるはずだ。僕には殺すつもりも、怪我をさせるつもりもなかったんだ。

本当に？　よく考えて思い出すんだ。確かに、殺意はなかったかもしれない。でも、あの時、僕は女は死ぬかもしれない、死ぬようなことがあっても仕方がない、と思ってたんじゃないだろうか？　すると、これは未必の故意ということになる。やはり、僕は罪に問われることになるのか？

僕は三日間、ずっと同じことを考え続けていた。まさに堂々巡りだった。考えても考えても結論は出なかった。当然だった。僕には手持ちの情報が少な過ぎた。

果たして女は命を取り止めたのか？　警察に被害届は出したのか？　警察は僕の部屋の死骸《しがい》を見付けたのか？　そして、僕を犯人だと断定したのか？　女は警察にあいつのことを伝えたのか？　警察はそれを信じたのか？　わからないことばかりだった。

僕は逃げ回るでもなく、ただやみくもに街を徘徊《はいかい》し続けた。小銭すら持っていない身では逃亡はできない。だが、いくら空腹でも、食堂の裏に出される残飯に手を付ける勇気はなかった。僕は一日中、スーパーからスーパーへと歩き回り、試食品を貪《むさぼ》った。客たちは僕のただならぬ様子に気が付くと、遠巻きに取り囲んだ。警備員が駆け付け、ぴったりと張り付くようになったが、試食品を食べているだけでは手の出し様もない。僕を監視し続ける警備員を尻目《しりめ》に僕は試食品をきれいに平らげた。夜になると、僕はスーパーの裏に積み上げてある段ボールの中から大きめのものを失敬し、それを布団代わりに児童公園のベンチで眠った。

このまま、ずっとやっていけそうな気がした。このまま、ホームレスとして、一生街に埋もれていれば、警察も世間も許しておいてくれるんじゃないだろうか？

そうして、三日目の夜、僕は夢を見た。夢の中で、僕はついにごみ箱から、食べ物を入手するようになっていた。僕は半分溶けかかった甘ったるい食べ物を頬張り満足していた。どこか、後ろの方から僕を囃《はや》すような声が聞こえていた。子供たちだ。僕は無視した。放っておけばいい。僕には関係ない。僕には食べ物も眠るところもある。友達はいないけれど、どうせそんなものは役に立たない。僕は満ち足りている。餓鬼どもと僕の間には何の関係もない。気にすることはない。

その通り、気にすることはない。誰かが僕のすぐ側で言った。おまえは負け犬なのだから。おまえは罪から逃げたんだ。だから、こうやって腐った食べ物を貪っているんだ。

違う。それは違う。僕は罪を犯してなんかいないんだから。僕は文句を言った。

そんなことは知っているさ。罪を犯したのはおまえじゃない。誰が罪を犯そうが問題じゃない。それを償うのは常におまえなんだから。

じゃあ、いったい誰が罪を犯したんだ？　僕は誰の罪を償っている？

もちろん、俺さ。そいつは女を抱き抱えていた。その腹には深々とナイフが突き刺さっている。そいつがナイフを抜くと、血が噴水の様に噴き出した。血を浴びながら、そいつはにやにや笑った。ほら、見ろよ。おまえが償わなきゃならん罪がまた一つ増えた。

僕は目覚めた。まだ、空は暗かった。都会の空には星一つ見えなかった。僕は自分のアパートへ向かった。

「わたしは『敵対者』に罠《わな》を仕掛けることを思い付きました。そして、彼が自分のアパートに帰ることに望みを託したのです」

アパートには見張りはいなかった。たった三日で、警戒は緩むものなんだろうか？　それとも、僕の姿はどこかの窓から監視されているのだろうか？

もちろん、そんなことは気にならなかった。こうしている間にも警官に取り押さえられるかもしれないが、それでも構わない。とにかく、ほんの少しでもあいつに立ち向かってやるんだ。そうでなければ腹の虫が治まらない。

鍵《かぎ》をはずし、部屋に入って、反射的に照明をつけた。自分でスイッチを入れたにも拘《かかわ》らず、まだ電気が止まっていないことに、少し驚いた。考えてみれば、急いで電気を止める理由もないわけだが。

床の上のごみはきれいに片付けられていた。玄関の土間との境目がはっきりわかった。自分の部屋なのに妙に落ち着かない気分になる。ごみは誰が片付けたんだろう？　大家か？　それとも、警察か？　警察だとしたら、ご苦労なことだ。

畳の上には血の跡が残っていた。足が生えた巨大な蝶《ちょう》のような模様になって部屋いっぱいに広がっている。

家具――と言っても、テレビと冷蔵庫ぐらいだったが――はそのままになっていた。どうやら、ごみとは判断されなかったらしい。

目的のものは冷蔵庫の上に載っていた。例のノートだ。

このノートはぼろぼろで薄汚れていて、ごみのように見えた。だから、ごみと一緒に捨てられていてもなんの不思議もない。中には被害者と思《おぼ》しき絵と錯乱した文章が綴《つづ》られている。だから、証拠品として押収されていてもなんの不思議もない。ここにこれが残っているのは奇跡的だと言ってもよかった。

僕は震える手で、ノートを摑《つか》むとゆっくりと最後のページから、捲《めく》り始めた。白紙が続く。やがて、何かが書かれているページに辿《たど》り着いた。

僕は目をつぶり、深呼吸した。病院で死体の絵が描かれているのに気が付いた後は一度もノートを見ていない。あれから、ここでノートを落とすまでの間にあいつが何か書き込んだ可能性はある。それを確認することは僕にとっては拷問のように辛《つら》いことだった。しかし、ここで逃げるわけにはいかない。どこまで、逃げようともあいつは必ずついてくる。あいつと対峙《たいじ》することを避けていては僕は未来永劫《えいごう》あいつの尻拭《しりぬぐ》いだ。

僕は目を見開いた。

俺の力を思い知ったか！　いつも言ってたことがはったりじゃないってことがこれでわかったはずだ。俺が殺せるのは犬や猫や鳩ばかりじゃないんだ。俺にとっては人間の女を殺すことだって朝飯前なんだ！

そして、俺はなんでも知っている。コンビニでバイトに雇って貰《もら》えなかったことも、あの白い女に俺の存在について相談したこともだ。おまえは俺のことを何も知らない。おれが今日一日何をしていたか、どこに行ったか、何を考えたか、おまえには金輪際わからない。

だが、俺は知っている。おまえのすべてを知っている。おまえがどこに行って何をして、何を考えたか、一つ残らず手に取るようにわかるんだ。おまえにとって、俺は神のような存在なんだ。おまえは自分の手のうちを常に見せながら、ポーカーしているんだ。最初から全く勝ち目はないんだ。俺はいつだって、気が向いた時に外に出て、さんざん好きなようにやってやる。責任は全部おまえがとるんだ。都合が悪くなったら、俺はさっさとひっ込む。

ところで、どうして俺が殺したあの女とやらなかったんだ？　もったいないことをしたな。どうせ、警察は女の体内に残された体液のＤＮＡ検査をやってるだろうに。

あの女の中にあいつの精液があるというのか？　僕のＤＮＡを持った精液が。体が震え出すのを歯を食いしばって押さえた。必死に考えるんだ。あいつを出し抜く方法を。僕はポケットから、ちびた鉛筆を取り出すと、一字ずつ力を込めて塗り込めるようにノートに書き始めた。

いい加減なことを言っているがいい。確かに、おまえは僕よりもほんの少し有利な立場にいるらしい。だが、自分で言っているほどのことはないはずだ。おまえはこの三日間というもの僕に付き合って、ホームレスのまね事をしてきたはずだ。本当におまえに自由があるとしたら、どうして、こんなことに甘んじていられるんだ？

きっと、おまえは自由に現れることなど本当はできないんだろう。もし、できたとしたら、おまえは必ず先生の前に現れたはずだ。僕に嫌がらせがしたいのなら、それが最も効果的だ。おまえに自由があるというのなら、証拠を見せろ。いつも僕を見張っているというなら、そしていつでも外に出られるというのなら、今すぐ来い！　そして、このノートに反論を書いてみるがいい!!

書き終わった瞬間、背中に悪寒が走った。ここまで挑発する必要はあったのか？僕はあいつの能力に限界があるということを確かめたかった。だが、もしあいつの言うことが本当だったとしたら？　あいつが僕にとっての神だったとしたら？

出て来いと言ったのはおまえだ。

僕はぎょっとした。誰が書いたんだ⁉

だから、決して後悔なんかするなよ。こんなことはいつだってできたんだ。俺は好きな時にやってくる。おまえにはそれを防ぐ権利も方法もない。これでわかったか？

膝《ひざ》から力が抜けた僕はぺたんと畳に膝をついた。ころんと鉛筆が手から落ちる。僕は初めてあいつの存在を実感した。蛇のように僕にまとわりついている。ぬめぬめとした生臭い息まで感じるような気がする。

僕は左手で鉛筆を摑むと、震える右手に握らせた。冷蔵庫の上からノートを引きずり下ろす。ばんと左手でノートを押さえる。焦ってはいけない。何かあるはずだ。何かあいつの弱点が……

だから、それがどうだというんだ。おまえが出入り自由だということは認めてやってもいい。でも、それだけだ。僕の人格は確固として存在し続けている。僕の存在さえ消えることがなければ、いつかはおまえに逆襲することができるんだ。

ほとんど、負け惜しみに過ぎない言い種《ぐさ》だった。全く脅しになっていない。今すぐ、反撃することもできないし、その方法もわからないと白状してしまっている。それとも、そんなことは書く前からあいつはお見通しだったのかも……。

「ひえっ！」またもや、あいつの気配を感じた。今度は暗い陰鬱《いんうつ》なあいつの表情さえわかった。血の気のない顔がぐっしょりと汗で濡《ぬ》れていた。

まだ、そんなことを言ってるのか？　はっきり言ってやる。この体の主人は俺なんだ。この体の一挙一動はすべて俺に権利があるんだ。おまえは、影に過ぎない。おまえは俺が現実から逃げ出すために作った仮の人格なんだよ。おれがそう望むだけでおまえは消えてしまう。おまえには過去も未来も、そして現在さえないんだ。

うまく体が動かない。まるで、誰かに押さえ付けられているようだ。あいつは僕を消そうとしているんだろうか？　それもいいだろう。僕を消してしまったら、あいつはすべてを自分でかぶらなければならない。ただ、消える前に一矢を報いなければ気が済まない。僕は全力で考え、書きなぐった。

　僕はさっき言った。もし、おまえが自分の意志で出入りできるとしたら、必ず先生の前に現れたはずだと。説明してくれ。なぜ、おまえは先生の前に現れなかったのか？

　喧《やかま》しい!!　喧しい!!　喧しい!!　喧しい!!　喧しい!!　そんなことはかんけいないおれのじゆうだいつどこであらわれようがおれのかってておれのかってだ。

　どうやら、痛いところを突いたらしい。これほどうまく命中するとは思いもしなかった。もう一押しすれば、何か突破口が見つかるかもしれない。

　僕にはわかっているんだ。おまえが先生の前に現れない理由が。おまえは自分の意志で現れなかったようなことを言ってるが、それは嘘だ。おまえは現れなかったんじゃない。現れられなかったんだ。なぜなら、おまえは先生の

本当だろうか？　僕の推理は正しいんだろうか？　あいつは先生のことが怖いんだろうか？

かくなかくななにもかくな

あいつの手の感触がはっきりとわかった。僕の腕全体に鳥肌がたった。あいつは僕の文章に続けて書き始めた。

そんなこと

はかくなおまえはまちがっているおまえのかんがえはめちゃくちゃだぜんぶちがうちがうちがうおまえはもうだめだこれでおわりだおまえのさいごだ

ついに来たようだ。あいつと僕が離れていくのがわかる。あいつは僕を切り離すことに決めたようだ。切り離された僕はきっと消えてしまうんだ。

おれはなにもこわくないおれはなんでもできるおれはひとだってかんたんにころせるおれはあのおんなをころしたあのおんなをうしろからさしてやったせなかのどまんなかをひとつきだそれからたおれたおんなをうらがえしてみぎむねとへそのしたにもさしてやったおまえにもそうして

やろうかおれにはおまえをころすことだってできるんだ

僕の目の前に腕が見えた。僕のじゃない。あいつのだ。あいつの腕が僕の喉《のど》にかかる。僕にはどうすることもできない。ゆっくりと息がつまる。

「そこまでだ。証拠は揃った」背後から、中年の男が現れ、あいつの腕を握り、手錠をかけた。

振り返ると、もう一人別の若い男が立っていた。「まさか、本当にここに戻ってくるとは思いませんでしたよ。警部は信じてましたか?」

「俺だって半信半疑だったよ。だが、こうして現に逮捕できた。ええと、その……『敵対者』をだ」警部と呼ばれた年配の刑事は僕の方を見た。「どうも、ご苦労様。君にも一応、警察に来てもらうよ。なあに、ちょっとばかり調書をとるだけで終わる。その後は帰っていい。われわれは君を捕まえたのではなく、『敵対者』を逮捕したんだからね」刑事はあいつの腕を持ち上げ、僕に見せた。「これは君の腕じゃないだろ」

「はい」僕は混乱していた。「不思議なことですが、そのようです」

「不思議でもなんでもないよ」若い刑事が言った。「君は今まで錯覚していたんだ。つまり、妄想だ。君と『敵対者』は別の人物だったんだ。別の人格ではなく、別の人物。いったいぜんたい、どうして、こいつと自分が同一人物だなんて、思い込んじまったんだろうね」

「わたしは彼から、彼の部屋で女が殺されているという報告を受けた時から、『敵対者』が彼とは独立して存在していると確信していました。なぜなら、彼のアリバイはその時点ですでにほぼ完璧《かんぺき》だったからです。

彼の部屋にいた女性はいつ殺害されたのか？　検視結果を見れば、わかることでしょうが、たとえ見なくても午後一時頃だということは簡単に推定できます。

まず、現場に大量の出血の跡があったことから、あの部屋が殺害現場であったことはほぼ間違いないと思われます。また、大家によると下の部屋の住人は午後一時頃に悲鳴のようなものを聞いており、その後血液が天井から流出しています。また、万が一、殺害現場が別の場所だとしても、あの部屋に運び込んだのは当日の正午以降のはずです。なぜなら、正午過ぎにはまだあの部屋に死体がなかったことは受信料の集金人によって確認されているからです。ところで、正確な被害者の死亡推定時刻はいつでした？」女は年配の方の刑事に尋ねた。

「検視によると、正午から午後二時の間だが、一時半には階下の住人によって大量の血液が確認されている。分析の結果、彼の部屋の床から、下の部屋の天井の間に広がっている血液は被害者のものだと確認された。この事実と集金人の証言から、死亡推定時刻は正午過ぎから午後一時過ぎまでということになる」

「ありがとうございます。で、その時間の彼の行動ですが……。

正午過ぎに部屋を飛び出し、駅に走っていったことは集金人によって確認されています。電車の発車時刻まではほんの数分しかありませんでしたから、殺人を行う余裕はなかったはずです。また、かなり派手な状況で電車に滑り込んでいることから、彼のことを目撃し、記憶している人物を探すのはそれほど難しくなさそうです。次の目撃者はコンビニエンスストアの店長です。ひょっとすると、店の客の何人かは店内で土下座していた彼の様子を覚えているかもしれません。それから、タクシーです。これが唯一あやふやな部分でしたが、彼が持っているレシートが裏付けになるはずです。そして最後はわたしです。もっとも、刑事さんのお話ではわたしが彼に会った時刻は犯行推定時刻を過ぎてしまっているので、たいした意味はないのですが」

「今、おっしゃったアリバイの裏をあなたご自身がとられたわけではないんでしょ？」

若い方の刑事が尋ねた。

「ええ。それはそうです。しかし、彼の証言には曖昧《あいまい》なところがなかったので、裏がとれるのはほぼ間違いないと考えました。もし、嘘だとしたら、すぐにばれるようなものばかりでしたからね。アリバイ工作をするなら、もっと裏を取りにくい嘘をつくはずです。もちろん、警察はそんな単純な裏付け捜査でもしっかりやっておられるんでしょうが」

「われわれは彼のアリバイについてもすでに裏付けをとっている。不審な点は見付かっていない」年配の刑事が答えた。

「結構」女は頷《うなず》いた。「さて、これで女性殺害の犯人が彼でないことはわかりました。そして、彼の中に潜む別の人格がやったのでないこともわかります。彼の中に別の人格が潜んでいるとしても彼とは肉体を共有しているわけですからね。

　この段階まで推理が進めば、彼が逮捕される可能性はほとんどないということがわかります。だから、わたしは彼を警察に出頭させようと連絡をとったんです」

「それを彼は勘違いして、あなたに襲いかかって逃亡したんですね」若い刑事は興味深そうに言った。

「おそらくそうでしょう。ただ、わたしはそのことで彼を訴える気はありません。彼にちゃんと説明しなかったわたしにも非があるんですから。……とにかく、彼に逃げられたので、わたしは警察に連絡することは中止しました。警察に連絡することで彼に不利な状況になることを恐れたんです」

「その判断は的を射たものじゃなかった。すぐ連絡してくれれば、彼の保護も犯人逮捕ももっと早かったかもしれない」

「そうでしょうか？　まあ、すべてが終わってからはどうとでも言えるので、言い争いはやめましょう。

さて、彼にアリバイがあったからと言って、すべての謎が解けたことにはなりません。現に彼の持っていたノートに殺害された女性の絵がかかれていたわけですから、彼は単に自分の部屋で殺人が行われたということ以上に事件に関わりがあったことは明白でした。もし彼にアリバイがなかったら、どうなっていたでしょう？　彼は殺人の濡衣《ぬれぎぬ》を着せられることになったのではないでしょうか？」

「それはどうかな？　われわれだって、馬鹿じゃない」

「でも、少なくとも容疑者にはなっていたはずです。彼にアリバイがあったのは不幸中の幸いと言っていいでしょう。まったく突発的なものです。それに比べて殺人自体は計画性が強いもののように思えました。わたしは一つの仮説をたててみました。

『何者かが、一人の女性に殺意を抱いた。そして、自分に嫌疑がかかることを恐れたその人物――〔敵対者〕――は自分の罪を別の人間にきせることにした』

彼は周到に計画された罠《わな》にかけられたのです」

「凄《すご》い直感力ですね。まったく羨《うらや》ましい」若い刑事は本当に羨ましそうだった。

年配の刑事は鼻を鳴らしただけだった。

「すると、すべてが繋《つな》がりました」女は続けた。「決して現れることのない第二の人格、いつの間にか書き込まれているノート、彼自身いつ人格転移が起きているのかわからないという事実、彼が寝ている間や留守の時のみに部屋で起きる悪質な嫌がらせ。これらは一つのことを指し示しています。彼は多重人格障害ではなかったのです」

「しかし、なぜ彼は自分を多重人格障害だと信じていたんだろう？　部屋の中で妙なことがあったり、ノートに知らない書き込みがあっても、誰か侵入者がいると考えるのが普通だろうに」

「おそらく、自分が多重人格だと考えるように誘導されたのです。一度、方向付けが成功すれば、後は本人が勝手に補強してくれます。無関係な事実を組み合わせて、多重人格障害の根拠にしてしまいます。目覚まし時計をかけ忘れたり、ちょっとしたど忘れをしたり、大事な時についうたた寝をしてしまうことは誰にもあることですが、彼はすべてを自分の多重人格障害に結び付けて考えていました。もちろん、少々誘導したぐらいでは正常な人間にそんな妄想を抱かせることは簡単ではありません。しかし、彼には特別に暗示にかかりやすいという特徴がありました。彼は中学や高校のころから、催眠術遊びや、こっくりさんの標的になっていたのです。彼はおもしろいように暗示にかかることで、学校内ではかなり有名だったのです」

「『敵対者』がそんな体質の彼を選んだのは偶然だったんでしょうか？」若い刑事は尋ねた。

「いいえ。偶然にしてはでき過ぎています。おそらく、『敵対者』は彼のことを知っていたのでしょう。彼に『自分は多重人格者で、自分とは別の人格が彼女を殺してしまった』と思い込ませて、警察に自白させることが目的だったのです。これは非常にうまいやり方です。普通の替え玉なら、嘘の証言をしても必ずぼろが出てしまいます。その点彼は多重人格は彼に殺人の記憶がまったくないことの理由になるからです。記憶がないと主張しているのですから、嘘をつく必要はないのです。その点彼は完璧でした。

わたしは自力で犯人を特定しようと、彼の周辺を探ってみました。彼に暗示をかけることができる人物はかなり絞られるはずです。少なくとも、最近彼に接触している人物でなくてはなりません。彼が逃亡した後、彼の部屋の大家さんや近所の人々に聞いて、最近の彼の行動を調べてみると、気になる点が浮かび上がってきました」

「それは医療の範囲を逸脱した行為に思えるが」

「そうかもしれませんね。でも、個人的に特定の人物を調査すること自体には問題はないはずです」女は話の腰を折られて不服そうだった。「彼は週に一度、近所のカラオケボックスに通っていたのです。しかも、必ず不審な人物と一緒に。店員によると、その人物と彼は歌も歌わず、ずっと話をしていたそうです。ある店員は好奇心から中の様子を探ってみたらしいのですが、何か相談ごとをしているかのようだったと言います」

「あんた、直接店員に訊《き》いたのか?」年配の刑事が口を挟む。

「いいえ。直接出向いて、『敵対者』と鉢合わせをすると、まずいと思ったので電話で問い合わせたのですが、何か問題でも？」

「いいや。それで納得した。先を続けてくれ」

「おそらくカラオケボックスの中で行われていたことは逆カウンセリングだったと思われます。患者を正常な状態に回復させるのではなく、異常な状態にしてしまう。この場合は彼に多重人格障害であるという妄想を植え付けたわけです。その相手こそが『敵対者』の正体です。わたしはカラオケボックスの前にある喫茶店に張り込んで出入りする客をチェックしてみたのですが、残念ながらそれらしい人物はみつかりませんでした。ただ、犯人像はかなり絞り込むことができたので、意を決して警察に連絡することにしたのです。犯人の特徴は、彼の古くからの知り合いであること、基本的な精神分析の知識があること、そして例の女性を殺害するなんらかの動機を持っていること、です」

「殺害の動機についてはすでに見通しはついてました」若い刑事が自慢げに言った。「聞き込みで、すぐにわかりました。殺された女性の本職は売春だったんですが、副業に恐喝をやってたんです」

「おい、西中島そういう場合は無職というんだ。犯罪は職業じゃない」年配の刑事が正す。

若い刑事は気にせず、続けた。「十代の頃から、グループで組織的に援助交際をやってたそうです。でも、二十歳ごろにもなると、分別が付くのか、グループから一人抜け、二人抜けして、今では彼女一人になってたそうです。ええと、恐喝というのも、コギャル時代にやって味をしめた手口ですね。ほとんどは客になった男に買春したことを家族や会社にばらすぞ、と脅すタイプです。その他の手口としては……」

「殺された女の部屋から、恐喝の相手の一覧が出てきた。ただ、数が多くてね。百人以上もあったんだ。これからどうやって絞っていこうかと頭を悩ましている時にあんたから、連絡があった。正直言って、驚いたよ」

「『敵対者』を捕まえる方法を思い付いたのです。

わたしの推理が正しいとすれば、『敵対者』は焦っていると思われました。最初の計画では彼はすぐ警察に逮捕されるはずでした。有罪になろうが、心神喪失を理由に無罪になろうが、とにかく彼が殺したことになれば、目的は達成されたことになります。ところが、彼はいっこうに逮捕される気配がない。もしかすると、『敵対者』は彼にアリバイがあるということも摑《つか》んでいたのかもしれません。ここで駄目押しをしておく必要がある、と考えるはずです」

「正直言って、犯人がそう考えるとはとても思えなかった。再び彼に接触するのはリスクが高い割に、効果がないいんじゃないかってね。しかし、それを言えばもともと犯人はかなり特殊な思考をするやつだし、われわれにはあんたの着想が的を射たものだという根拠もあった。それで、その考えに乗ってみることにしたんだ」

「彼は必ず自分の部屋に戻るだろうと推測しました。彼をカウンセリングした経験から、彼の思考パターンはおおよそ予想がつきます。となると、同じく彼を分析して制御した経験を持つ『敵対者』も同じ予測をするだろうと考えたのです。だとすると、『敵対者』は彼が部屋に戻った時を狙うはずです。それ以外の時に彼を見付けて処置をするのは大変ですから」

「われわれはこの部屋に例のノートを残し、わざとこの部屋の見張りを手薄にし、彼が戻ってくるのを待ったんです」若い刑事が言った。「すると、驚いたことに本当に彼が部屋に入っていきました。しかも、すぐ後にもう一人の人影が続いて入ったんです」

「わたしの予想通りでした」女は自慢げに言った。「おそらく、『敵対者』はカウンセリングの場以外では、彼に自分の姿が見えないように、暗示をかけていたはずです。一種のマスキング効果ですね。彼は自分と一緒にノートに書き込んでいる『敵対者』をまったく認識できず、どんどんノートに書き込まれていく文章に理解を絶する恐怖を味わったことでしょう。その様子を見て、『敵対者』はいい気になりました。そして、過剰な演出をしてしまいました。犯人でなければ、知りようのない殺害方法を詳しく説明してしまったのです」

年配の刑事は頷《うなず》いた。「背中の刺し傷は遺体の発見者も知らないことだったからな。あのくだりは決定的な証拠になった。……とにかく、これで一段落ついた。ただ、どうも不可解なことがある」

「まだ何かありますか？　謎はおおかた解けたと思いますが？　犯人が女だったことが解せないんでしょうか？」

「それはたいした謎じゃない。恐喝リストには女の名前がいくつかあった。別に彼女がレズの相手をしていたってわけじゃない。彼女は足を洗った昔の売春グループのメンバーまで恐喝のターゲットにしていたんだ。彼は殺された被害者に面識はなかったようだが、実は被害者は多重人格に仕立て上げられた彼と同じ学校の一年上の卒業生でね。彼女が恐喝していた仲間もほとんど同じ学校の卒業生だったんだ。だから、リストの女性は誰もが彼のことを知っていても不思議ではなかったし、当日の前夜、彼のところに出掛けるように仕向けることも難しくはなかったはずだ。金を払う代わりに、いいかもを紹介するって名目でね。しかし、彼は被害者を追い返した。これが計算に入っていたのかどうかは知らない。とにかく、次の日の昼間、犯人はもう一度、合《あい》鍵《かぎ》は持っていたんだろうな。

被害者をアパートに呼び出した。今まで、部屋に出入りしていたことから考えて、合鍵は持っていたんだろうな。

わたしが今不思議だと言ったのは、そこまで真実に近付いたあんたがどうして、あの単純な事実から、犯人を割り出すことができなかったかということだ。

あのノートにあった死体のイラストは殺人の前に描かれていたということはありえない。なぜなら、殺人が実行される前の正午の時点で彼はノートの内容を確認しており、殺人が行われた時刻までノートは彼に所持されていたからだ。つまり、あの絵は殺人が行われた後に殺害犯人によって描かれたということになる。カウンセリングが終わった時、ノートにはすでに絵が描かれていた。彼が描いたのでないとすると、描くことが可能な人物はたった一人に絞られる。

あんたから話を聞いた時、われわれは心底驚いたよ。リストの中で大学で心理学を専攻した女性は一人だけだった」年配の刑事は自分がついさっき手錠をかけた白い女の腕を不思議そうに眺めた。

「いったいぜんたい、どうしてあんたは自分を精神科医だと思い込んじまったんだろうね」


（冒頭の引用は『旧約聖書ヨブ記』関根政雄訳　岩波文庫を参考にしました。作者）

単行本あとがき

　この本はわたしの四冊目の著作となる。日本ホラー小説大賞短編賞受賞作でもある一冊目の表題作「玩具修理者」を除き、これまでの三冊に収録された作品はすべて書き下ろしだったが、今回は全収録作とも雑誌・アンソロジーに掲載されたものを収録した。以下に各作品ごとに簡単なコメントをさせていただく。

「肉食屋敷」（S‐Fマガジン　平成十年九月号　「脈打つ壁」改題）
〝怪獣〟というテーマを与えられて書いた作品である。子供の頃、怯《おび》えながらもどうしてもテレビの画面から目を離すことができなかった数々のドラマの前半十五分をイメージして書いた。なぜか後半の解決編はいつも付け足しのようにしか思えなかったのはわたしがひねくれ者だったからだろうか？　因《ちな》みに、この作品で述べられている隕石《いんせき》落下による恐竜絶滅説は現在のところ、いくつかある仮説の一つに過ぎない。

「ジャンク」（『異形コレクションⅥ　屍者の行進』廣済堂文庫）
　このアンソロジー・シリーズは、監修者の井上雅彦さんによると、文庫本の体裁をとった隔月の雑誌を目指しているとのことである。毎回、テーマが決まっており、この巻のそれは〝アンデッド〟だった（一般には〝アンデッド〟というよりも〝ゾンビ〟と言った方が馴染《なじ》み深いかもしれないが）。〝アンデッド〟が登場しても違和感が少ない舞台設定として西部劇《ウエスタン》を選んだ。もちろん、現実にアメリカ大陸にあった西部とは別の世界であることは言うまでもない。

「妻への三通の告白」（小説ｎｏｎ　平成十年五月号）

〝口説く〟というテーマを与えられての作品。この作品の題材は実はギリシア神話にも遡《さかのぼ》るほど古いものだが、少し前、とあるテレビ番組（ドラマではなく、事実に基づくバラエティ）を見て現実にありうる話だということを再認識した。

「獣の記憶」（メフィスト　平成十年五月号）

この短編集ではテーマを与えられずに書いた唯一の作品になる。多重人格ものはそれこそ書き尽くされた感もあるが、捻《ひね》りようによっては面白くなりそうな気がする。たいていは多重人格であることがおちになるのだが、本作ではあえて冒頭から「多重人格もの」宣言を試みた。

結果的に、怪獣小説、西部劇《ウエスタン》、サイコスリラー、ミステリーというバラエティーに富んだ構成になった。小林泰三の作品世界を大雑把に摑《つか》んでいただくにはちょうどよかったのではないかと思う。

本書に快く短編の収録を承諾していただいた各出版社・雑誌の担当の方々に心から感謝いたします。

新米作家のわたしにいつも適切な助言をいただいた角川書店の新名氏に心より感謝いたします。『人獣細工』『密室・殺人』に携わっていただいた氏は本書の編集をもって、わたしの担当を佐藤氏に引き継がれることになった。

平成十年九月二十八日

小林　泰三

解説　小林泰三は、ぐふふふ……と笑う

田《た》中《なか》啓《ひろ》文《ふみ》（作家）

某SF誌（といっても一誌しかないが）への小林泰三の寄稿によると、彼を作家にしたのはフィリップ・K・ディックであるという。「そう。僕のデビュー作『玩具修理者』はディックから生まれたのである」と彼ははっきりそう書いている。だが、私は別の話を聞いた。

元来、小林泰三は小説家になる気などかけらもなく、堅実な会社員として幸せな一生をおくるつもりだった。そんな彼が作家などというザーヤクな仕事に手を染めることになったのは、奥さまのせいであるという。もともとホラー大賞には奥さまが応募するはずだったのだ。

私「奥さんはそれまで小説とか書いたことあるの？」

小林氏「まったく」

締め切り三日前、小林泰三が奥さまに「もうできあがったか」ときくと、一枚も書けていないとの返事。「案は思いついたのか」ときくと、それもまだである、という。

だったら、今回はあきらめるしかないな、と言うと、いや、一つだけ手だてがある。あなたが書けばいいのだ。小林泰三は、なるほどと頷《うなず》いて、瞬時にして一編の短編をものにした。これが「玩具修理者」であり、同作は審査員の絶賛を浴びて、第二回日本ホラー小説大賞短編賞を受賞した。ディックではなく、奥さまが、作家・小林泰三を生み出したわけである。

この話の出所は、あの邪悪な（これはもちろん褒め言葉です）小林氏本人であるので、真実かどうか私には判断できないが、もし本当だとしたら、これはどえらいことである。普通、作家の文章というものは、こつこつ習作を書き続けるという修行時代を経て、少しずつ上達していき、何とか人前に出せるものになるわけだが、彼のあの邪悪な（これはもちろん褒め言葉です）文体は、そういった過程を経ずしていきなり完成していたのである。「文章には作者の人格が深く投影される」とはまさにこのことではないか。

さて、私が、小林泰三がすごいと思うのは、彼が「二足の草鞋《わらじ》」の人だからである。会社員と作家の、という意味ではない。ハードSFとホラーの、である。

彼はSF専門誌（といっても一誌しかないが）には、一般人が逆立ちしてもわからないような難解な、最先端の科学知識をもとにした、マニアックなSFを書く。また、SF作家の集まりでも、「シュレディンガーの猫」がどうしたとか「ラグランジュ点」

がどうしたとか「何とかの何とか軌道が何とか」とか、同業者である私すら理解できないような科学の話を滔々《とうとう》と語ってやまない。つまり、かなりハードコアのSF者なのである。ところが、一般文芸誌やアンソロジーなどに書くとき、彼の作風は一変する。日常の些細《ささい》なできごとからはじまり、それが変容し、ついには自分自身の存在が信じられなくなり、現実と虚構の別がなくなっていく……というような、誰もが共感でき、恐怖と戦慄《せんりつ》を覚える物語を書くのである。そこには、彼が日頃好んで口にする先端科学はまるで登場しないか、もしくは形を変えてどこかに忍び込ませてある。要するに彼は真のエンターティナーであり、小林泰三がカルトな作家ではなく、広く一般の支持を受けている理由はそこにあると思う。そのことは、私がくどくど言わなくても、この短編集に収録されている各編を読めば明らかである。

しかし、SFファンも彼の作品を熱く支持する。毎年SF大会で選ばれる星雲賞の候補には毎年のようになっているし、某SF誌（といっても一誌しかないが）の読者投票ではベスト5中、2編を彼の作品が占めていたりする。広範囲な読者を獲得する一方で、コアなマニアもうなずかしめる。これは、作家として理想の姿ではないだろうか。それを易々とやっているのが小林泰三なのである。努力してできることではなく、彼のもともと持っている作家としての資質ゆえなのだ。

こういう作家が某メーカーに勤める会社員でもあるという事実は、専業作家である私をおののかせる。どう考えても私よりも「売れる作家」になる素質があるのに、どうして兼業なのだろうか。私は、ホラー作家の牧野修氏とともに、何度となく、小林氏に、専業作家になって「関西貧乏作家同盟」に加入せよと迫ったが、彼は首を縦に振らないのである（ちなみに、「関西貧乏作家同盟」の会員は、私と牧野氏の二人である）。

私は、小林氏に言いたい。もっと小説を書け、と。それも、ホラー長編を私は待ってるぞ。あの「玩具修理者」を瞬時にして書き上げる力があれば、長編の二冊や三冊、すぐに書けるはずである。私の魂の叫びが聞こえたら（というか、この文章を読んだら）、長編を書き始めてくれっ。

最後に、収録されている作品について手短に述べよう。

「肉食屋敷」は、某SF専門誌（といっても一誌しかないが。え、しつこいですか）の怪獣SF特集に掲載されたものである。掲載時は「脈打つ壁」というタイトルだったが、この短編集の表題作にするにあたって、改題された。小林氏は電話で私に、短編集のタイトルが「肉食屋敷」になると教えたあと、

「担当さんが電話してきて、いいタイトルを思いついたんですよ、『ジュラシック屋敷』というのはどうですか、というので、まあ、それよりはこのほうがいいかな、と『肉食屋敷』ですか。すると、『草食屋敷』もあるわけですね」

「そうです。『草食屋敷』のほうはセルロースを分解するために腸が長いけど、『肉食屋敷』は腸が短い。そのかわり、便が臭い」

『草食屋敷』だから温和な性格だと思って入ってみたら、実は『雑食屋敷』で、食われてしまうとかね」

「それでね、ぐふふふ、『肉食女子高生』というのも考えたんですよ」

「ほほう。すると、『草食女子高生』もいるわけですね」

「そうです。『草食女子高生』は腸が長いけど、『肉食女子高生』は便が臭いとか」

『草食女子高生』だから温和な性格だと思って近づいたら、実は『雑食女子高生』で食われてしまう」

「でも、考えてみたら、女子高生ってたいがい雑食ですわね」

「女子高生に限らず、人間はたいがいそうでしょ」

「それでね、ぐふふふ、実はね、『肉食女子高生』、ほんとに書いたんです」

「え？　まじですか」

「はい。ぐふふふふ」

ちなみに「肉食女子高生」は没になったそうである。

このやりとりはその翌日、京都で行われた某SFフェスティバルの座談会の席上、ほとんどそのまま再現された。

ありゃ。手短に、と書いたのに、「肉食屋敷」でえらく枚数を費やしてしまったが、表題作だからまあいいだろう。あとは、ほんとに手短に。

「ジャンク」は、「生ける屍《しかばね》」、つまり、ゾンビがテーマであるが、西部劇と組み合わせたところがさすがである。人造馬の気色悪い描写がすばらしい。実は、この作品が『異形コレクション・屍者の行進』に掲載されたとき、一読した私はひっくり返った。というのは、私も、ゾンビを扱った西部劇を構想中だったのである。しまった！　先を越された！　と私は天を仰いで叫び、しばらくは書けないな、と嘆息しつつ、まあ、ほとぼりがさめたら、こそっと書いてしまおう、と思ったのだが、ほとぼりがさめるどころか、同作品はすぐに『肉食屋敷』に収録され、人口に膾炙《かいしゃ》した。もう少し待とう、と思っていると、こうやってそれが文庫化され、もっと人口に膾炙してしまった。もう、あきらめるより他はなさそうだ。

「妻への三通の告白」は、ラブストーリーである。小林泰三は、愛の物語すらもこのようないびつな形でしか書けないのだ。不幸な男！

「獣の記憶」は、本格ミステリである。小林泰三の本格ミステリには、他に、彼の唯一の長編「密室・殺人」があるが、どちらもまっとうではない、実に異常なひねりかたをしてある。どのように異常かは、読んでいただくしかないが、この作品の根底に流れる「変態的茶目っ気」とでもいうべきものは、アンソロジー『憑き者』（アスペクト）に収録されている「家に棲むもの」と共通するところがある。おそらく関西人のほとんどが、ラストで突っ込みを入れているにちがいない。「そんなあほな！」と。まあ、これだけ書くだけでも若干ネタばれ気味ではあるな。未読の読者は、解説を読むのは後回しにしていただきたい……ってもう遅いか。

以上、収録作四作品を久しぶりに読み返したが、どれも極上のエンタテインメントである。その読後感はたしかにディックの作品から感じるものと酷似している。だが、ディック作品とちがうのは、何を読んでも、その背後で、「どうです、変でしょう。びっくりしたでしょう。まさかこうなるとは思わなかったでしょう。ぐふふふふ……」とほくそえむ小林泰三の姿が微《かす》かに透けて見えるというところであろうか。だいいち、ディックは、ぐふふふ……とは笑うまい。

しかし。どうして我々は、こんな嫌なやつばっかりでてくる、不安や不信を募らすような、気持ち悪い描写がこれでもかこれでもかと続く小説を、わざわざ読みたがるのであろうか。

不思議だ……。

＊この解説は、二〇〇〇年九月に小社より刊行した文庫に収録されたものです。

本書は、二〇〇〇年九月に小社より刊行した文庫を改版したものです。

本文中には、痴呆症、多重人格障害、精神分裂病、サイコ、レズ等、今日の人権擁護の見地に照らして、不適切と思われる表現がありますが、著者自身に差別的意図はなく、また、著者が故人であること、作品自体の文学性を考え合わせ、原文のままとしました。

（編集部）

肉《にく》食《しよく》屋《や》敷《しき》

小《こ》林《ばやし》泰《やす》三《み》

角川ホラー文庫　23959

平成12年9月10日　初版発行
令和5年12月25日　改版初版発行

発行者——山下直久
発　行——株式会社KADOKAWA
〒102-8177　東京都千代田区富士見2-13-3
電話 0570-002-301（ナビダイヤル）
印刷所——株式会社暁印刷
製本所——本間製本株式会社
装幀者——田島照久

●お問い合わせ
https://www.kadokawa.co.jp/（「お問い合わせ」へお進みください）
※内容によっては、お答えできない場合があります。
※サポートは日本国内のみとさせていただきます。
※Japanese text only

ISBN978-4-04-113773-4　C0193

角川文庫発刊に際して

角川源義

第二次世界大戦の敗北は、軍事力の敗北であった以上に、私たちの若い文化力の敗退であった。私たちの文化が戦争に対して如何に無力であり、単なるあだ花に過ぎなかったかを、私たちは身を以て体験し痛感した。西洋近代文化の摂取にとって、明治以後八十年の歳月は決して短かすぎたとは言えない。にもかかわらず、近代文化の伝統を確立し、自由な批判と柔軟な良識に富む文化層として自らを形成することに私たちは失敗して来た。そしてこれは、各層への文化の普及滲透を任務とする出版人の責任でもあった。

一九四五年以来、私たちは再び振出しに戻り、第一歩から踏み出すことを余儀なくされた。これは大きな不幸ではあるが、反面、これまでの混沌・未熟・歪曲の中にあった我が国の文化に秩序と確たる基礎を齎らすためには絶好の機会でもある。角川書店は、このような祖国の文化的危機にあたり、微力をも顧みず再建の礎石たるべき抱負と決意とをもって出発したが、ここに創立以来の念願を果すべく角川文庫を発刊する。これまで刊行されたあらゆる全集叢書文庫類の長所と短所とを検討し、古今東西の不朽の典籍を、良心的編集のもとに、廉価に、そして書架にふさわしい美本として、多くのひとびとに提供しようとする。しかし私たちは徒らに百科全書的な知識のジレッタントを作ることを目的とせず、あくまで祖国の文化に秩序と再建への道を示し、この文庫を角川書店の栄ある事業として、今後永久に継続発展せしめ、学芸と教養との殿堂として大成せんことを期したい。多くの読書子の愛情ある忠言と支持とによって、この希望と抱負とを完遂せしめられんことを願う。

一九四九年五月三日

玩具修理者

小林泰三

ホラー短編の傑作と名高い衝撃のデビュー作!

玩具修理者はなんでも直してくれる。どんな複雑なものでも。たとえ死んだ猫だって。壊れたものを全部ばらばらにして、奇妙な叫び声とともに組み立ててしまう。ある暑すぎる日、子供のわたしは過って弟を死なせてしまった。親に知られずにどうにかしなくては。わたしは弟を玩具修理者のところへ持っていくが……。これは悪夢か現実か。国内ホラー史に鮮烈な衝撃を与えた第2回日本ホラー小説大賞短編賞受賞作。解説・井上雅彦

角川ホラー文庫

ISBN 978-4-04-347001-3

家に棲むもの

小林泰三

ホラー短編の名手が贈る恐怖のカラクリ作品集

ボロボロで継ぎ接ぎで作られた古い家。姑との同居のため、一家三人はこの古い家に引っ越してきた。みんなで四人のはずなのに、もう一人いる感じがする。見知らぬお婆さんの影がよぎる。あらぬ方向から物音が聞こえる。食事ももう一人分、余計に必要になる。昔、この家は殺人のあった家だった。何者が……。不思議で奇妙な出来事が、普通の世界の狭間で生まれる。ホラー短編の名手・小林泰三の描く、謎と恐怖がぞーっと残る作品集。

角川ホラー文庫

ISBN 978-4-04-347005-1

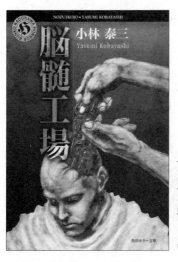

臓物大展覧会

小林泰三

禁断のグロ&ロジックワールド、開幕！

彷徨《さまよ》い人が、うらぶれた町で見つけた「臓物大展覧会」という看板。興味本位で中に入ると、そこには数百もある肉らしき塊が……。彷徨い人が関係者らしき人物に訊いてみると、展示されている臓物は一つ一つ己の物語を持っているという。彷徨い人はこの怪しげな「臓物の物語」をきこうとするが……。グロテスクな序章を幕開けに、ホラー短編の名手が、恐怖と混沌の髄を、あらゆる部位《ジャンル》から描き出した、9つの暗黒物語。

角川ホラー文庫

ISBN 978-4-04-347010-5

逡巡の二十秒と悔恨の二十年

小林泰三

奇才の魅力爆発！ 切れ味抜群の短編集

わたしは20年前の記憶に苛まれ続けていた。子供の頃のたった20秒の迷いが、川で一緒に遊んでいた幼馴染を見殺しにしたのだ。当時の「記憶」は次第に「現在」を崩壊させ始め……？　表題作ほか、食用の人間がいる世界を描く問題作や、落語と都市伝説の有名人たちを掛け合わせたユーモア作、代理出産をめぐる壮大な物語まで――。ホラー、ミステリ、ＳＦのジャンルを超えて読者を驚愕させてきた著者の、単著未収録作品集！

角川ホラー文庫

ISBN 978-4-04-111993-8